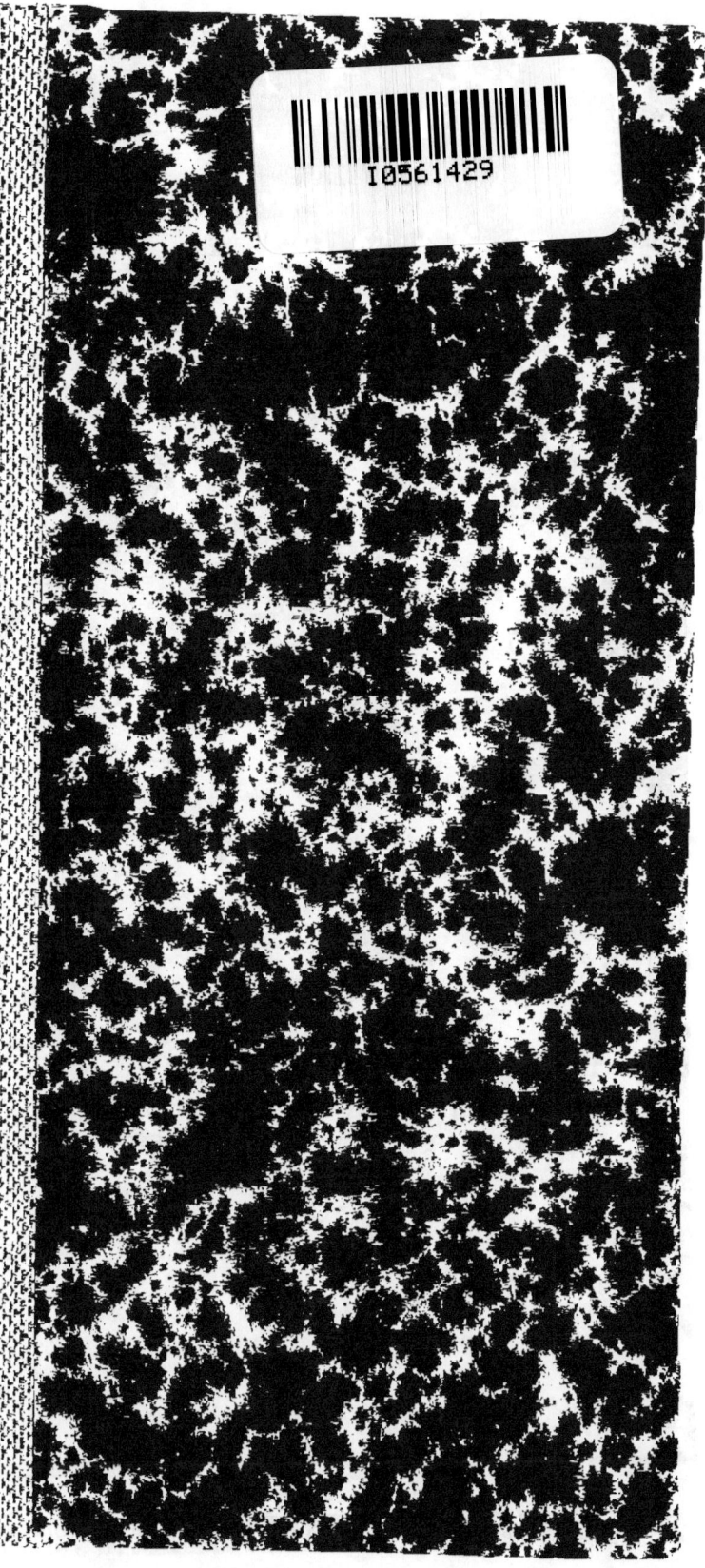

J. EBRARD

MAX BUCHON

LE MATACHIN

ROMAN

Notice biographique par Champfleury
PORTRAIT D'APRÈS COURBET
Eaux-fortes par F. Régamey

PARIS
LIBRAIRIE SANDOZ ET FISCHBACHER

33, RUE DE SEINE, 33
1878

ROMANS

MAX BUCHON

—

ROMANS

—

LE MATACHIN

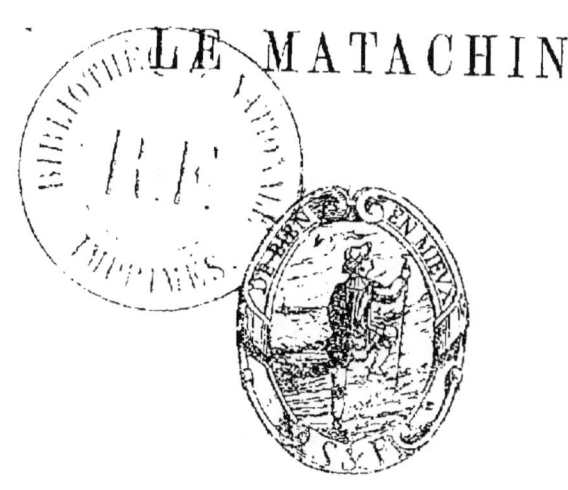

PARIS

SANDOZ ET FISCHBACHER, ÉDITEURS

33, RUE DE SEINE, 33.

1877

Tous droits réservés.

A MES ONCLES PASTEUR

(de Vuillafans)

Voici deux contes (1) qui ont paru, en 1854, dans la
Revue des Deux-Mondes, par les soins de mon ami
Champfleury.

Je souhaite beaucoup, mes chers oncles, qu'ils vous
amusent un instant, en contribuant un peu à faire connaître par le monde notre pays, déjà popularisé en
peinture par les tableaux de mon ami Courbet.

Ce n'est point sortir du cercle de mes affections les
plus chères, que d'associer ici à votre nom celui de mes
deux amis. Ce premier volume, écrit loin d'eux et de
vous, ne date-t-il pas de l'époque de ma vie où j'ai le
mieux senti le prix de votre bon attachement aussi bien
que du leur ?

Ces deux contes, ainsi que ceux qui pourront sui-

(1) Nous ne réimprimons que le premier. Le second conte, *le Gouffre
'armand*, se trouve dans le volume édité par Michel Lévy en 1858 et qui
'it le titre banal : *En province*, imposé par l'éditeur.

vre, sont le faible résultat de mes recherches de l'art des pauvres gens.

Il y a quinze ans bientôt que j'ai rencontré pour la première fois dans cette direction les *Poésies allémaniques* de Hébel, à la suite desquelles sont venues les *Nouvelles de la Forêt-Noire* d'Auerbach, et les *Romans bernois* de Jérémias Gotthelf.

Dès que je serai sûr d'un peu de publicité, toute cette littérature populaire allemande, si nouvelle pour la France, et de laquelle on peut facilement extraire une douzaine d'excellents volumes, sera bientôt mise à sa disposition.

Salins, le 15 novembre 1857.

MAX BUCHON.

LE QUARTIER DU MATACHE
A Calcutta

LE MATACHIN

I

JOSILLON CLAIRBET

Il est dix heures du matin. On est au mois de mai. Il fait un temps superbe. Le mont Poupet se carre au loin dans ses broussailles verdoyantes, comme un bon bourgeois tout heureux de pouvoir enfin montrer aux gens le joli paletot d'été que vient de lui rapporter le tailleur. La bise souffle sans relâche, mais caressante et douce comme une bise de printemps, et chacun s'empresse de l'aspirer par tous ses pores et par toutes ses fenêtres, car en passant à travers les grands tilleuls fleuris de la promenade Barbarine, elle a eu soin de s'y parfumer de son mieux, avant de venir souhaiter le bonjour aux gens de Salins.

Les hirondelles, toutes ravies de se revoir en pays de connaissance, tirent de la Place-d'Armes à la Porte-Haute les bordées les plus insaisissables, puis re-

viennent en arrière, puis repartent en avant, sans
parvenir à se rassasier de toutes ces enivrantes ha-
leines, de toutes ces émanations printanières, de
toutes ces lumineuses splendeurs. Dans le ciel pur
tourbillonnent en longue troupe les martinets criards,
enfermant dans un cercle sans fin le clocher de Notre-
Dame, celui de Saint-Maurice et la coupole de l'Hôtel-de-Ville.

Le fort Saint-André, inondé de lumière, regarde le
soleil face à face. avec l'air reconnaissant et sénile
d'un invalide qui étale enfin au chaud ses rhumatis-
mes, tandis que la côte de Belin, encore complètement dans l'ombre, semble déjà pourtant franger de
feu toute sa crête de rochers, où les petits œillets
rouges ne tarderont pas à fleurir.

Si le soleil et le printemps portent la joie partout
et sont bien accueillis de tout le monde, leur retour,
simple surcroît de bien-être pour le riche, devient
tout un événement pour le pauvre et une véritable
transfiguration de son entourage, de son habitation,
de sa pauvreté même. Il n'est si triste masure qu'un
rayon de soleil ne puisse faire resplendir, et les plus
beaux effets de lumière sont presque toujours dus à
ces douloureux contrastes. Ce sont là des compensa-
tions mystérieuses comme la nature se plaît à les
prodiguer, et qui, certes, auraient bien leur prix si
l'amer sentiment de la réalité ne revenait incessam-
ment par dessous.

Aujourd'hui donc tout brille et tout semble sourire

dans le pauvre quartier du Matachin aussi bien qu'ailleurs. Pendant que les hommes sont à la vigne et
profitent du beau temps pour achever leurs labours,
les femmes au logis semblent tout remettre en ordre
pour la saison d'été ; les fenêtres toutes grandes ou-
vertes dégorgent avec un plaisir extrême l'air étouf-
fant et vicié dans lequel ont vécu depuis six mois
ces pauvres familles. Partout les literies elles-mêmes
sont déployées et battues de verges au soleil ; puis
bientôt chaque fenêtre se garnit d'un rosier nain,
ou d'un pot d'œillets soigneusement gardé à l'intérieur pendant l'hiver. Les conversations se croisent
d'une fenêtre à l'autre, et la bonne humeur de chacun se manifeste ainsi, par ces sourires et par ces
saillies, autres fleurs de l'âme tout aussi réjouis-
santes à voir.

Le quartier du Matachin, le plus pauvre de notre
petite ville de Salins, en est aussi, tout naturellement, le plus pittoresque. Il commence à la Porte-
Basse et comprend toute la rue d'Olivet, rue qui doit
son nom à l'abbé d'Olivet, de l'Académie française,
que Voltaire appelait son maître en grammaire, et qui
naquit dans cette rue même. Il paraît qu'autrefois
un grand seigneur avait dans ce quartier son chenil
à chiens. La tradition populaire a appelé cela une
meute à chiens ; ce qui a fini par devenir ce mot de
Matachin, dont la provenance étymologique ne fait,
du reste, nullement disparate avec la physionomie
du pauvre quartier ainsi désigné aujourd'hui. Une

rue étroite, montueuse et sale, formée de deux lignes
de maisons aux fenêtres chassieuses, et dont les
ventres hydropiques semblent prêts à se rejoindre
en voûte sur la tête des passants, quelques misé-
rables boutiques aux portes basses et cintrées, au-
devant desquelles se montrent à peine quelques
paires de gros sabots, quelques pipes de terre blanche et quelques chandelles de suif jaune dans un pot
de terre rouge ; plus loin, quelques pieds de veau
encore en poil, accusant timidement dans ces para-
ges l'existence d'un de ces bouchers au rabais qu'on
appelle *margandiers* à Salins ; puis, dans cet angle à gauche, la fameuse fontaine de l'Echilette, ainsi
nommée de l'escalier en échelette qui conduit de ces
profondeurs à l'église de Saint-Maurice, la fontaine
de l'Echilette autour de laquelle bavardent en ce
moment les laveuses ; puis l'étalage d'un fripier, où
les vieux pantalons garance tout rapiécés sur les
genoux, les vieilles guêtres à chaînettes, les vieux
souliers suiffés, les vieux coffres, les vieux chau-
drons et les vieilles ferrailles de toute espèce, se
heurtent et s'entre-croisent dans le plus lamentable
pêle-mêle ; puis enfin, à mesure qu'on arrive dans
le haut, c'est-à-dire qu'on se rapproche du courant
de la circulation générale, quelques cordonniers battant leur semelle, et quelques cloutiers dont un chien
fait manœuvrer le soufflet en tirant la langue dans
sa roue, voilà le Matachin.

Non, cependant ; comme complément, il nous reste à mentionner encore l'enseigne d'un vieux magasin depuis longtemps fermé, sur laquelle on lit, à travers les éclaboussures et les toiles d'araignées, ces touchantes paroles :

TARÉ, MÉCANICIEN EN TOUS GENRES,

RACCOMMODE LES SOUFFLETS

Si les premiers mots de cette légende sont coupables d'un peu de prétention, n'est-il pas vrai que cela est bien racheté par cette conclusion naïve et prévoyante : *raccommode les soufflets* ?

Parmi les maisons voisines de la fontaine et qui dominent celles situées vis-à-vis, de toute la différence de leur situation sur le versant de la colline que la rue coupe en diagonale, il en est une qui se fait remarquer tout d'abord par un certain air de propreté. D'apparence humide et sale par le bas, comme tout le reste de la rue, cette maison, récrépie à neuf dès le premier étage, devient littéralement blanche comme neige aux étages supérieurs. Cette propreté qui contraste si complétement du dehors avec tout l'entourage, semble être un indice de la propreté du dedans, et l'on s'estime déjà heureux d'une pareille présomption en pareille compagnie.

Cette maison n'a que deux fenêtres par étage, mais on sent que ces grandes fenêtres carrées sont assez larges pour desservir suffisamment de lumière et d'air deux pièces d'assez belle dimension. En bas,

1.

deux portes inégales correspondent à ces deux fenêtres, la porte de la cave, ferrée de gros clous à
large tête, et celle de l'escalier. Entre ces deux
portes se trouve le *larmier*, soupirail étroit garni
de deux barreaux de fer, destiné à maintenir le courant d'air dans la cave.

Des fenêtres supérieures de cette maison la vue
s'étend librement sur les pentes de Saint-André, sur
les vignes du Château-de-Rans, sur le rocher du
Gros-Talus, et jusqu'à la côte boisée de Salgret. De
l'une de ces fenêtres déborde aujourd'hui une caisse
de sapin remplie de terre, espèce de jardinet en mi-
niature, dont l'intérieur est semé de persil, de cer-
feuil et de ciboules, et à la circonférence duquel
s'épanouit une superbe guirlande de résédas. Au-
dessus de la caisse, deux crochets de fer surgissent
du mur, destinés à recevoir les belles gourdes vertes
qu'en automne les vignerons de Salins ont l'habitude
de faire sécher à l'air.

Derrière cette plate-bande aérienne se dessine le
profil d'une jeune fille qui semble fort appliquée à
sa couture. L'embrasure de cette fenêtre est de taille
à contenir facilement sa chaise, le petit banc de bois
sur lequel reposent ses pieds, et la large table à ou-
vrage sur laquelle on aperçoit déjà une pile de chemises confectionnées, les pièces éparses de celle en
travail, les ciseaux, la pelote hérissée d'aiguilles, les
petits boutons de nacre symétriquement fixés sur

leur plaque de carton ; les pelotons de fil blanc, la *limoge* rouge pour le marquage, et dans un vase à fleurs évasé par le haut, quelques branches de lilas.

La pièce où coud ainsi cette jeune fille est une de ces chambres-cuisines si communes chez nos vignerons. A gauche en entrant, se trouve le dressoir avec ses plats d'étain par le haut, les seilles d'eau au centre, et les marmites rangées, selon leur taille, par-dessous. Plus loin, vient la crédence à hauteur d'appui, où l'on met les vivres, avec un tiroir pour les cuillers, les oignons et les bouts de ficelle. Au mur pendent la poêle à frire toute noire, la bassinoire en cuivre rouge et les *tonnoires* sur lesquelles on roule les miches, les jours de fournée, en les tirant du pétrin que voilà aussi à sa place, à côté de l'horloge.

Vis-à-vis la fenêtre, se déploie en saillie le manteau carré de la cheminée, sur la corniche de laquelle figurent la lampe d'étain, deux chandeliers de cuivre, un autre de fil de fer à crochet pour aller à la cave, deux fers à repasser et autres menus ustensiles de même nature. Dans le coin à gauche de la cheminée est le four, sur le dos duquel s'entassent ordinairement les paniers à terre, les pioches et les *bigots* [1], tout l'arsenal du vigneron ; par-dessous, on aperçoit, au milieu des brindilles, le tronc de bois sur lequel, en hiver, on aiguise les échalas. Le coin vis-à-vis

[1] Pioche à deux cornes.

le four, du côté de la fenêtre, est occupé par un grand lit à ciel carré et à rideaux de cotonnade bleue largement rayée, tombant perpendiculairement du plafond jusqu'à terre. Entre le lit et le four se trouve la porte de l'autre pièce. La colonne supérieure du lit correspond à l'angle d'évasement intérieur de la fenêtre, de l'autre côté de laquelle surgit une grande armoire en noyer noirci à deux battants, vestiaire de la famille.

Quelques chaises de bois dur sont rangées autour de la chambre, d'autres sont engagées sous la grosse table à pieds tors qui en occupe le milieu. Le plancher, quoique de couleur terreuse, n'en témoigne pas moins de ses bonnes intentions de propreté, par les rosaces encore fraîches dont l'a ouvragé l'arrosoir. Tout est d'une simplicité extrême dans cette cuisine aux murailles jaunes ; mais tout y est rangé avec tant d'ordre, et le printemps y envoie du dehors un air si pur qu'on s'y sent réellement tout à fait à l'aise.

La jeune fille, qui coud auprès de la fenêtre, semble être l'âme de cette grande pièce. Sur toute sa physionomie se reflète la satisfaction intérieure que procure le travail. C'est une brunette de vingt à vingt-cinq ans, aux joues un peu maigres, mais au teint ferme, au nez correct, aux lèvres résolues et aux grands yeux à la fois doux et malins. Ses cheveux bien peignés retombent en modestes bandeaux sur ses tempes, pour disparaître sous une cornette bi-

garrée qui lui recouvre encore l'arrière de la tête.
Sa robe d'indienne violette laisse deviner, sous ses
fronçures empesées, une structure saine et solide
plutôt qu'élégante.

Cette jeune fille s'appelle Fifine Clairet.

Tout à coup elle quitte sa couture, ôte le dé de son
doigt et se dispose à allumer le feu, en fredonnant à
demi-voix cette douce ballade franc-comtoise :

> Derrière chez mon père,
> Vole ! mon cœur, vole !
> Derrière chez mon père,
> Il y a t'un pommier doux...
> Il y a t'un pommier doux,
>   Tout doux et iou !

> Il y a t'un pommier doux !
> Trois jolies princesses,
> Vole ! mon cœur, vole !
> Trois jolies princesses,
>   Sont assises dessous...
>   Sont assises dessous.
>   Tout doux et iou !
>   Sont assises dessous.

La Fifine va prendre une marmite sous le dressoir, y verse deux bassins d'eau, et la suspend à la
crémaillère, puis elle prend sous le couvercle du pétrin des légumes apprêtés pour la soupe, et les met
avec précaution dans la marmite, sans discontinuer
de chanter :

Ça, dit la première,
Vole! mon cœur, vole !
Ça, dit la première,
C'est le point du jour...
C'est le point du jour.
    Tout doux et iou !
C'est le point du jour !

Ça, dit la seconde,
Vole ! mon cœur, vole !
Ça, dit la seconde,
J'entends le tambour...
J'entends le tambour.
    Tout doux et iou !
J'entends le tambour !

Ça, dit la troisième,
Vole! mon cœur, vole !
Ça, dit la troisième,
C'est mon ami doux...
C'est mon...

— Entrez ! fait tout à coup la Fifine en interrompant son couplet et en recouvrant sa marmite.

La porte de l'escalier s'ouvre, et une vieille femme coiffée d'un ancien bonnet à grandes passes, entre avec un panier, couvert d'une serviette, suspendu à son bras.

— Bonjour, madame.

— Bonjour, mam'selle Fifine. Vous êtes déjà éveillée? Oh! oh! c'est comme on dit des fois. J'ai bien reconnu votre voix tout de suite.

— Tiens! c'est la Jeanne-Antoine ! Je vous aurais

bien laissé manger au loup. Mais c'est qu'aussi vous devenez bien rare, dites donc?

— Ah! mon Dieu, mam'selle Fifine, c'est comme on dit des fois, voyez-vous : on n'a pas rien à faire qu'à venir se promener à Salins. Sans compter que depuis Villeneuve ici, il y a une fameuse trotte, et mes jambes n'ont plus vingt ans...

— Ah çà! vous êtes donc venue au marché, à ce qu'il paraît?

— Eh! ma foi, c'est comme on dit des fois, mam'-selle Fifine : on est bien obligé de faire deux ou trois sous avec la denrée qu'on a.

— Le beurre était-il bien cher, aujourd'hui, Jeanne-Antoine?

— Bien cher, bien cher; mon Dieu, c'est comme on dit des fois, toujours trop cher pour celui qui achète et jamais assez pour celui qui vend. Moi, j'en avais là douze livres; du beau beurre des sapins, quoi! Eh bien, j'ai eu assez du mal d'en avoir dix-huit sous...

— Douze livres à dix-huit sous, ça fait presque douze francs. Asseyez-vous donc, Jeanne-Antoine. Mais ce n'est pas vous qui avez apporté tout cela depuis là-haut?

— Oh! pour ça non, mam'selle Fifine; je suis venue avec notre grand sur une *pièce de marine*[1] qu'il a descendue ce matin. C'est comme on dit des

---

[1] Grand sapin destiné au flottage.

fois : on profite des occasions qu'on a. Une fois au-
dessus du Chalème, on n'a plus que deux lieues de
descente pour venir à Salins.

— Oh ! oh ! vous voyagez en carrosse, Jeanne-
Antoine ?

— Oui, un joli carrosse ! un grand sapin de cent
pieds de long, avec deux bœufs maigres qui tirent la
langue. Après çà, c'est pas là l'embarras, quand une
fois on est assise là au milieu, c'est comme on dit
des fois, ça fait ressort...

— Mais qu'est-ce que vous déballez donc là,
Jeanne-Antoine ? Vous nous apportez des œufs, je
crois ?

— Ah ! mon Dieu, ne m'en parlez pas ; nous n'a-
vons qu'une poule qui en fasse ; l'autre *quiouppe*...
(glousse). Chez nous, c'est comme on dit des fois : on
n'a pas de toute douze ; aussi n'en voilà-t-il que six...

— C'est justement pourquoi, Jeanne-Antoine, il
fallait les vendre. Vous mériteriez, tenez !... Je vous
demande un peu si ça a du bon sens ! Des œufs superbes encore !

— Et le père, mam'selle Fifine ? Il se porte toujours
comme un pont neuf, lui ?

— Mais oui, Jeanne-Antoine, il va assez bien ; il
est à la vigne. Allons, asseyez-vous là ; vous le verrez à midi. Ou plutôt, tenez, je crois que le voici qui
revient déjà. Qu'est-ce que cela veut dire ?

En effet, l'on entend des pas dans l'escalier. La
porte s'ouvre, et le père Josillon Clairet entre, la tête

nue et rasée, les manches de chemise retroussées et
la poitrine au large, sa pioche d'une main et le manche brisé de cette pioche, de l'autre...

— Tiens! voilà la Jeanne-Antoine!

— Votre très-humble, M. Josillon... Ah! ah!
vous avez fait des *briques*, à ce qu'il paraît...

— Pardié oui, Jeanne-Antoine, tant va la pioche
à l'eau... non, à la vigne...

— Père, figurez-vous que la Jeanne-Antoine nous
a apporté des œufs.

— Des œufs! Jeanne-Antoine. Pour nous rendre
amoureux!

— Oh! pour quant à ça, Josillon, c'est comme on
dit des fois...

— Comment est-ce qu'on dit des fois, Jeanne-
Antoine!

— Enfin, quoi! vous êtes toujours farceur.

— Euh!... Où est-ce qu'est le temps, hein,
Jeanne-Antoine?

— Mais vous êtes toujours le même, vous, Josillon; c'est bon pour moi de me plaindre...

— Pourquoi vous plaindre, Jeanne-Antoine! Faute
de blé, on mange de l'avoine. Il ne faut jamais se
plaindre. Quel âge avez-vous?

— Neuf et puis cinquante, combien cela fait-il?

— Ça fait cinquante-neuf en tout pays, Jeanne-
Antoine. Un bel âge, ma foi! Le même âge que moi.
Tiens, toi, Fifine, va-t'en voir chez Coindet s'il a avalé
le manche de pioche que je lui avais dit de me faire.

— Mais, père, vous irez bien chez Coindet vous-même en retournant à la vigne. Vous n'avez pas besoin de votre manche pour dîner.

— Allons, soit! Ce que femme veut, Dieu le veut; pas vrai, Jeanne-Antoine? Eh bien alors, si c'est ça, dépêche-toi; donne-moi le pain, que je coupe la soupe. La Jeanne-Antoine dînera avec nous.

— Oh! pour quant à ça, Josillon, je vous suis bien obligée. Voyez, j'ai apporté du pain dans ma poche; je n'ai pas faim.

— Vous remercierez après, Jeanne-Antoine. Tenez, il ne faut pas que les jeunes gens restent comme ça les bras croisés. Prenez-moi vite cette miche, et vous couperez la soupe pendant que la Fifine mettra la nappe et que je mettrai à la broche...

— Ah! mon Dieu, ouais! quel Josillon! Enfin, voilà. C'est comme on dit des fois... quand il faut, il faut.

— Père, n'oubliez pas d'essuyer la poêle avec du papier, au moins, avant d'y mettre votre beurre.

— L'entendez-vous celle-là qui voudrait apprendre à sa mère à faire des enfants. Donne-moi d'abord le saladier à fleurs, que je casse dedans les œufs de la Jeanne-Antoine. Ça va faire un dîner de chanoine.

— Attendez donc, père, que j'y mette encore ces ciboules! Voilà le beurre qui chante. Tenez, prenez la queue de la poêle, et je verserai.

— Donne. Verse tout d'un coup. Allons, houp! As-tu mis du sel?

— Pardi !

— Tenez, Jeanne-Antoine, je vais vous montrer comme on tourne les omelettes au Matàchin... Un... et deux ! Hein ! avez-vous vu ?

La soupière blanche bien couverte fait le gros ventre sur la table. Josillon s'établit d'un côté, et signifie à la Jeanne-Antoine d'en faire autant de l'autre ; puis il découvre d'un air grave la soupière, d'où part brusquement une superbe colonne de vapeur qui va heurter le plafond et s'évanouit en retombant en parapluie comme un feu d'artifice.

La soupière est remplie jusqu'au bord. Dans le milieu surgit même une dernière *pochée* de quartiers de raves et de pommes de terre, que les larges tranches de pain dilatées par le bouillon empêchent de couler à fond.

Cette soupe ferait venir l'eau à la bouche à des épicuriens sortant de table. Dès que chacun est servi, Josillon ouvre une bouche comme un four, en se penchant sur son assiette, et s'ingurgite une cuillerée de soupe formidable ; mais voilà qu'aussitôt il porte la main à ses lèvres en faisant d'horribles grimaces. La soupe le brûle, et pendant un instant, on ne sait réellement qui, de l'homme ou de la soupe, fera mettre les pouces à l'autre. A la fin, cependant, il relève victorieusement la tête en poussant un gros soupir et en s'essuyant le front :

— Ah !... bon Dieu !... Eh bien, pour le coup, en voilà une soupe qui est chaude !

— Ha! ha! ha! Josillon; c'est comme on dit des fois, hein! on sent bien qu'elle a cuit sur le feu.

— Mais, pour l'amour de Dieu, quel diable est-ce que vous faites donc là, Jeanne-Antoine ? Est-ce que vous avez peur que votre assiette enfonce la table ?

— *Jeu*[1] ! Elle mange sur ses genoux, la Jeanne-Antoine !

— Mais oui, mam'selle Fifine. Je ne suis pas habituée à manger à table, moi. Ah bien oui ! on vous en souhaite ; chez nous les femmes ne s'y mettent qu'une fois par an, le jour de la fête, pour trinquer avec les *fétiers*[2].

— Jeanne-Antoine de mon cœur, vous êtes aujourd'hui chez Josillon ; et chez Josillon, on ne mange pas sur ses genoux.

— Allons, mon Dieu, tenez, puisque vous l'exigez. C'est comme on dit des fois, qui est maître est maître.

— Ah !... maintenant, il faut boire un petit coup là-dessus, Jeanne-Antoine.

— Assez! assez! *Jesusse Maria* ! mais vous voulez donc me griser ?

— Ayez pas peur ! il ne grise pas celui-là : c'est du *boire*[3]. A la vôtre, Jeanne-Antoine. A présent, second service ! Avancez votre assiette.

[1] Diminutif de Jésus.
[2] Invités à la fête.
[3] Piquette que font nos vignerons en jetant de l'eau sur leurs marcs après qu'ils en ont tiré le vin.

— Encore de la soupe! Mais j'en ai déjà jusqu'aux oreilles, Josillon!

— Allez toujours, un capucin ne s'embarque jamais seul. Ne vous imaginez pas, au moins, que nous allions vous servir des ortolans ou des perdrix. Mais, à propos, et votre Grand, Jeanne-Antoine, où est-ce que vous l'avez laissé?

— Lui? Eh! pardi! il dîne au faubourg, donc; par là au *Cheval-Blanc*, avec les autres de Villeneuve.

— Il est donc toujours aussi enragé après son voiturage?

— Ah! mon Dieu! ne m'en parlez pas. J'ai beau dire et beau faire, il ne m'écoute pas plus que si je chantais.

— Il fait pourtant là un fichu métier. Tous ces gaillards-là ont beau croire qu'ils gagnent une masse d'argent; ce n'est pas en godaillant ainsi par les auberges qu'on fait fortune...

— Je le sais bien, Josillon.

— Et puis, c'est qu'ils sont vraiment faits comme des voleurs, tous ces voituriers de marine. Quand je rencontre ceux de Chamblay, par Saint-Maurice, ils me font toujours une peur affreuse.

— Mais je le sais bien, mam'selle Fifine.

— Des grandes figures toutes couvertes d'écorchures et de boue, des chapeaux qu'on dirait qu'un a ramassés dans un *gouillat*¹, des roulières qu'on y

¹ Mare d'eau.

pendrait tous les pochons du pays, des pantalons avec des franges longues comme ça au bas des jambes !

— Mais je le sais bien, mam'selle Fifine.

— Voulez-vous encore de l'omelette, Jeanne-Antoine?

— Merci, merci ! Je suis déjà *bourre-enfle* (plus que rassasiée).

— Et puis, leurs pauvres bêtes ; il faut voir comme ils les battent... à faire sauter le sang à tout coup ! Tenez, voyez-vous, Jeanne-Antoine, quand je les vois quelquefois là près de la fontaine d'Arion, vous savez bien... où cela monte... quand je les vois, ces pauvres bêtes maigres comme des lanternes, qui s'abattent sur le pavé, à force de tirer, et que ces monstres leur tapent encore à grands coups de manche de fouet sur le nez pour les faire relever... oh ! alors, voyez-vous, je voudrais pouvoir les prendre au collet, ces monstres-là, pour les mettre eux-mêmes à la limonière en place de leurs bœufs, et pour leur en donner une fois, là ! mais... à mon appétit !

— Mais je le sais bien, mam'selle Fifine.

— C'est pas là l'embarras ! Il y a bien des fois que si j'étais gendarme ou commissaire de police (ce dont Dieu me garde, par parenthèse), je leur flanquerais de fameux *verbaux* par les talons.

— Mais je sais bien, Josillon.

— Et dire qu'il n'y a pas un bouchon sur la route où ces horreurs-là n'aillent boire, pendant que leurs

bêtes restent la tête basse à les attendre dehors, dé-
vorées par les mouches, en été, et grelottant de
faim et de froid, en hiver. Et dire que chez eux,
pendant ce temps-là, leurs pauvres femmes et leurs
pauvres enfants n'ont parfois rien pour se nourrir,
rien pour s'habiller, rien pour se chauffer; quand
ces grosses brutes-là rentrent chez eux à des minuit, gorgés de vins jusqu'au-dessus du goulot! Oh!
non, voyez-vous, Jeanne-Antoine, c'est du vrai bri-
gandage. Comment on est avec les bêtes, on est avec
les gens, vous ne m'ôterez pas cela de l'idée... Ouais;
tenez, ça me met dans des fureurs!

— Mais à qui le dites-vous, mademoiselle Fifine ?
Ne sais-je pas tout cela sur le pouce? Et l'argent
que coûtent le foin, les chaînes, les voitures, le
charron, le maréchal! Et le fumier qu'on perd par
le monde, et les habits qu'on use, et les membres
qu'on se casse, et les malheurs même qui peuvent
arriver à tout moment, comme à mon pauvre vieux
qui a été écrasé là sous sa voiture, au bas du Chalème, un jour qu'il avait trop bu à Cernans en s'en
revenant; vous n'en parlez pas de tout cela. Ah !
mon Dieu! c'est comme on dit des fois, allez mam'-
selle Fifine, (la Jeanne-Antoine ne peut plus retenir ses larmes) je ne suis pas venue, à mon âge,
sans avoir mangé, ma bonne part, de vache en-
ragée.

— Pauvre Jeanne-Antoine !

— Ah bah ! faut pas pleurer, Jeanne-Antoine. Apporte *voir* la goutte, toi. Voyez-vous, qui est mort est mort. Tenez, Jeanne-Antoine.

— Euh ! *malhureux* ! qu'est-ce que vous me versez là !

— Ayez pas peur, c'est du *maquevin* [1], c'est doux. Allons, allons ! Il n'y a pas de chansons ! Faut boire ça ! Ça éclaircit la vue.

— Ouais ! que c'est donc fort !

— Tout de même, pourquoi ce diable de Grand n'est-il pas venu avec vous ? On aurait bien tâché d'en faire façon. Quand il y a pour trois, il y a pour quatre ; avec cela qu'il est encore maniable, lui, quelquefois. Sans compter qu'il est fort comme une *malbroug* (grosse voiture). Ah ! dites donc, de longtemps je ne l'oublierai, de quelle passe il m'a tiré, allez ! Quand je pense que sans lui j'allais être écrasé net comme torchette, par cette *bosse* de vendange de notre vigne de Chauvirey.

— Ah bah ! vous, Josillon ? Il ne m'en a rien dit.

— Comment ! il ne vous en a rien dit ?

— Pas la queue d'un mot !

— Eh bien merci ! il venait de me charger une *bosse* de vendange quoi ! avec ses bœufs, qu'il y en a un qui n'a plus qu'une corne...

— Justement ! C'est notre pauvre Dsaillet !

— Pour lors, comme nous allions partir, voilà un brigand de cheval qui prend le mors aux dents et

[1] Mélange d'eau-de-vie et de vin cuit.

qui s'élance avec sa voiture en bas de la ruelle des
vignes où nous étions. Les bœufs s'épouvantent et
font un écart. Notre *bosse* n'était pas encore serrée
avec la chaîne, remarquez bien ; à preuve que nous
étions à côté pour la serrer. Cependant le *boute-
camp* (entonnoir) était ôté et le tampon remis. Mon
ami ! tenez, je ne sais par quel miracle, mais enfin,
c'était voilà pour vous dire, au mouvement des
bœufs, donc la roue de devant qui tombe dans un
trou jusqu'au moyeu, et la *bosse* toute pleine, une
grande *bosse* de neuf carris qui s'apprête à nous
tomber dessus, ni plus ni moins, Tenez, Jeanne-Antoine, je ne suis pas peureux ; mais du diable, si je
n'ai senti le froid au dos dans ce moment. Le Grand,
lui, ne fit ni un ni deux. Il reçoit la *bosse* à temps
sur son épaule, puis se retourne comme il peut, se
plante les pieds contre le mur en faisant le demi-
cercle et me dit : — Josillon ! tâchez de vous glisser
entre les jambes des bœufs, ils ne *gipent* (ruent)
pas. Vous prendrez le fouet, vous irez en avant et
vous taperez dur ! Ayez pas peur pour la *bosse*, la
voûte est solide.

Je vais, je fouette, les bœufs se crampent, la roue
sort du trou, la *bosse* retombe sur les brancards, et
nous voilà partis drus comme des pinsons !

— Pauvre Grand, va ! sans lui pourtant, hein !
père.

— Hein ! voyez-vous, notre Grand !

— Eh bien, tu vois bien, Fifine, que les voituriers

sont encore parfois bons à quelque chose. Ah ! dites donc, Jeanne-Antoine, nous avons bu une crâne bouteille là-dessus, allez !

— Hein ! voyez-vous, notre Grand ! Eh bien, c'est comme on dit des fois, il ne m'avait pas soufflé rien de rien.

— Oh bien ! vous pouvez compter que c'est comme je vous le dis. Il y a tout de même du bon dans ce grand diable. C'est seulement dommage qu'il soit enfilé dans un si vilain commerce.

— Mon Dieu, je le sais bien, Josillon ; mais qu'y faire ! Il n'a pas d'idée pour le labourage, il ne veut pas aller domestique ; il ne veut pas entendre parler de prendre en fermage quelques journaux de terre qui, joints à nos deux ou trois coins, suffiraient pour nous faire vivre... Que voulez-vous que je fasse ? Depuis que je suis mariée, j'ai trimé avec le père à cause du voiturage ; ce sera la même chose avec le fils, jusqu'à ce que je tourne l'œil... Ah ! dites donc, il y a *pidié*... allez !

— Mais il n'est cependant pas méchant avec vous Jeanne-Antoine ?

— Pas méchant, pas méchant, je ne veux pas dire qu'il soit méchant, mais il ne m'écoute pas !

— Et si vous lui trouviez une femme ?

— Ah bien oui ! une femme ! Où voulez-vous que je la prenne ?

— Pardié ! il n'en doit pas manquer par là-haut.

— Oui des propres ! des paresseuses, des glo-

rieuses, des *soulasses !* Que le bon Dieu l'en pré-
serve et moi aussi. Celles qui ont quelque chose ne
sont pas pour son bec, et des autres, j'aime autant
qu'il s'en passe.

— Mais enfin, Jeanne-Antoine, vous avez votre
petite maison, vos bœufs, votre vache, vos deux ou
trois champs. Cela doit valoir quelque chose déjà ,
cela ! Voyons, comptons. Votre petite maison vaut
combien ?

— Oh ! ma foi, la maison n'est déjà pas tant *peu-
te* (laide) ; je ne la donnerai pas encore pour quinze
cents francs.

— Allons, mettons quinze cents francs, et les bœufs
combien ?

— Oh ! ma foi, les bœufs, quand ils avaient encore leurs quatre cornes, pour les deux, ils pouvaient bien valoir cinq ou six cents francs ; mais
maintenant qu'ils sont maigres et qu'ils n'ont plus
que trois cornes...

— Allons, pour la maigreur en plus et la corne en
moins, mettons-les à quatre cents francs. Quatre cent
cinquante, tenez ! 450 et 1,500 font 1,950. Mettons
deux mille pour faire un compte rond. Ensuite...
vous avez votre vache....

— Oh ! pour notre Bouquette ; celle-là, c'est moi
qui la soigne. Il faut voir le poil qu'elle a ! et avec
ça un pis qui est gros comme une scille. Ah ! ma foi
pour la vache, je vous garantis qu'à moins de cinquante écus, elle ne sortira pas de mes mains. Ah !

bien oui ! qu'est-ce que je ferais sans elle? Je n'aurais rien pour entretenir le ménage et rien pour fumer un peu mes deux ou trois coins...

— Allons, va pour cinquante écus ! Cela fait deux mille cent cinquante francs. Et vos champs, maintenant, voyons, combien en avez-vous ?

— Oh ! pour les champs, nous en avons... c'est-à-dire non ! c'est-à-dire si... Voyez-vous, pour les champs, c'est qu'il y en a un qui ne compte pas : on lui dit : *Au champ Linglet*. C'est par là du côté du Crouset. Il n'y pousse que des rochers et des prunelles !..

— Belle récolte ! oui, mais les autres ?

— Eh bien, les autres ; il y a notre champ du *Frite à l'âne* ; c'est là à ce *crêt*, derrière chez Xavier, vous savez bien. Ce n'est pas du tout bon. C'est maigre. Autrefois les pommes de terre y allaient encore, mais maintenant on n'en parle plus ; j'y ai mis un peu de blé.

— Allons, voyons ; le champ du *Frite à l'âne*, combien vaut-il ?

— Oh ! pour le champ du *Frite à l'âne*, ma foi, je ne sais pas, moi ; peut-être deux ou trois cents francs.

— Mettons 250. — 250 et 2,150 cela fait 2,400. Après ?

— Eh bien, après, nous avons encore le pré du *Couti-Oudet*. Il n'y en a guère large ; mais c'est un rognon ; c'est là que je vais faucher pour ma vache.

— A combien le *Couti-Oudet* ?

— Oh ! ma foi, pour le *Couti-Oudet*, vous pouvez le mettre hardiment à huit cents francs.

— 800 et 2,400 ça fait 3,200. Après ?

— Eh bien, après, il n'y a plus que le champ près de la maison ; là où j'ai une petite chenevière avec deux carrés de choux. Le reste est en trèfle pour la vache. Oh ! ma foi, je ne sais pas, moi. De la chenevière, c'est cher ça. Il me semble que ça vaut bien.... Oh ! qu'est-ce que je dis là ? Ça vaut bien plus. De la chenevière, cela vaut bien 800 fr !

— 3,200 et 800 font 4000 francs tout rond, Jeanne-Antoine, sans compter la valeur du mobilier. Ainsi donc vous voilà, vous et votre garçon, à la tête d'une fortune de quatre mille francs, ayant tous les deux, avec cela, bon pied, bon œil, bon coffre, et vous n'arriverez pas à être heureux ensemble ? Mais fichtre ! je n'en ai pas plus, moi avec ma Fifine, et cependant elle ne se plaint pas, ni moi non plus.

— Oh ! mais vous, Josillon, c'est bien différent !

— Comment, c'est bien différent ? J'ai ma vigne de Chauvirey, celle des Poils-de-Chien, et celle de Saint-Nicolas ; puis la moitié seulement de cette maison-ci, remarquez-le bien, ce qui est déjà assez embêtant pour l'entretien de la toiture. Par exemple, la cave est toute à moi, avec cette petite cour sombre qui donne là sur la place Saint-Maurice. Puis voici la chambre de notre Fifine. L'avez-vous déjà vue la chambre de notre Fifine ? Tenez, entrez donc, Jeanne-Antoine.

La Jeanne-Antoine essuie d'abord ses pieds sur le plancher comme on le ferait sur un paillasson, et entre avec un air d'étonnement respectueux, les deux bras croisés l'un sur l'autre, à la hauteur de la ceinture.

— Jeu ! mais c'est un petit paradis ici, Josillon. Comme ce plancher est bien lavé ! Puis voilà une commode, des chaises de paille, un joli miroir, un beau lit blanc. C'est du calicot, les rideaux, n'est-ce pas, mam'selle Fifine? Oh bien ! Dieu merci ! comme on dit des fois, il en a fallu des aunes ! Avec un beau buffet de noyer, une jolie petite table, et puis tous les murs avec du joli papier, qu'il y a des *bouquets* dessus et des oiseaux encore ! Ainsi donc c'est là que vous couchez, mam'selle Fifine? Oh bien ! vous n'êtes pas à plaindre. Mais après tout, c'est comme on dit des fois, vous le méritez bien.

— Pardié, je crois bien ; une princesse comme elle ! Qui est-ce qui aura des beaux chevaux, si ce n'est le roi ?

— Maudit père, voulez-vous bien vous taire, ou je vais vous rosser !

— Oui, viens t'y frotter ! Pour quant à moi, Jeanne-Antoine, je couche là à la cuisine. C'est moi le marmiton. Mais j'aime ça moi, j'aime les marmites. C'est un goût comme un autre. Sans compter que voilà un lit qui est assez large ; voyez donc, Jean-

ne-Antoine, on pourrait s'y coucher en travers.
C'est ma pauvre défunte qui l'a fait faire comme ça.
Dans un lit ordinaire, elle ne pouvait pas dormir,
qu'elle disait, la pauvre femme, parce que la nuit,
je lui donnais des coups de pied en rêvant.

— Ha ! ha ! ha ! quel tonnerre de Josillon, va !

— Allons, allons, voilà les deux heures qui son-
nent. Il faut que j'aille chercher mon manche ;
Jeanne-Antoine, encore un petit coup de maquevin,
pour la *rincette !*

— Non, non ; ne versez donc pas ; c'est impossible, je vois déjà tout trouble.

— Ça éclaircit la vue que je vous dis.

— Mon Dieu ! mon Dieu ! jamais je ne viens à bout
de tout ça ! Enfin voilà. C'est comme on dit des fois,
quand il faut, il faut.

— Adieu, Jeanne-Antoine.

— Oh ! Je vais partir avec vous, Josillon.

— Rien ne vous presse, attendez-moi là. Je vais
d'abord chercher mon manche, puis je reviendrai
vous prendre pour aller à ma vigne de Saint-Nicolas.

— Allons, soit ! mais ne restez guère.

Josillon; sort la Jeanne-Antoine vient s'asseoir auprès de la Fifine, qui, sa vaisselle une fois lavée,
s'est remise à sa couture.

— C'est du fin que vous cousez-là, dites-donc!
Ouais! quels petits points ! Ça me tire les yeux. C'est
pas pour des paysans, des chemises comme ça ?

— Non, Jeanne-Antoine, c'est pour un monsieur.

— Hein ! voyez-vous, ça ne l'écorchera pas, des chemises comme ça, Dieu merci ! Ainsi, vous n'allez donc pas travailler à votre journée, mam'selle Fifine. Chez nous, toutes les tailleuses y vont cependant.

— Oh, bien ! moi, je n'y vais plus ; j'en ai assez comme ça d'y être allée pendant mon apprentissage. Ce n'est pas amusant, allez, Jeanne-Antoine, de courir ainsi chez les gens, quand on ne veut pas colporter d'une maison à l'autre tous les cancans de la ville. Une ouvrière, c'est comme une servante. On ne se gêne pas de montrer devant elle toutes ses misères cachées, et je vous assure que, pendant mon apprentissage, j'en ai vu de rudes ; aussi, je reste chez moi. Je ne vais plus chez personne. J'ai quelques bonnes pratiques comme ça qui me restent fidèles, parce que je les soigne de mon mieux. Je gagne ainsi mes trois ou quatre cents francs par an ; mon père en gagne autant avec sa vigne quand les récoltes vont un peu. Avec cela, nous vivons tous les deux, libres comme l'air et gais comme des pinsons...

— Ah ! ah ! voyez-vous ! Mais alors pourquoi ne vous mariez-vous pas, mam'selle Fifine ?

— Moi ! me marier ? Eh bien, vous avez là une drôle d'idée, Jeanne-Antoine. Pourquoi me marier ? et avec qui ? Pour me mettre dans la misère, tandis que je suis ici comme un roi dans la mousse. Me marier ! avec un pauvre vigneron ou un pauvre ouvrier qui aura déjà assez de mal de gagner sa vie à lui, et qui, par conséquent, ne pourrait pas gagner celle de toute une famille, une fois qu'il faudrait re noncer à mon aiguille pour soigner un tas d'enfants. Se marier, se marier!... C'est bientôt dit, ça ! Mais combien avez-vous déjà vu de ménages heureux, Jeanne-Antoine ?

— Croyez-vous que tous les hommes ressemblent à mon père? Oh que nenni! Aussi, en fait d'homme, j'aime mieux m'en tenir à celui-là ! Vous savez bien le proverbe : « Quand il n'y a plus de foin dans le râtelier les ânes se battent. » C'est la misère qui fait le malheur de bien des ménages parmi nous autres, tandis que c'est l'oisiveté qui fait celui des riches. Bien souvent les pauvres ne sont méchants que parce qu'ils sont pauvres, et les riches que parce qu'ils sont bêtes et désœuvrés. Je sais bien que parmi les riches aussi bien que parmi les pauvres, il y a des exceptions : il y en a partout ; mais enfin, ça n'empêche! j'ai besoin d'air, moi ; j'ai besoin de gaîté, j'ai besoin de travail, j'ai besoin de propreté ; tout cela, je l'ai en ce moment et je m'y tiens.

— Moi aussi ! fait Josillon en entrant brusquement. Qu'est-ce qu'elles jacassent, mes deux gaillardes ?

— Ah ! ma foi, père, vous êtes trop curieux !

— Allons, allons, maintenant, mam'selle Fifine, il faut partir. Bonne santé ! Au revoir !

— Au revoir, Jeanne-Antoine. Ne soyez pas si rare. Au revoir, père. Ne restez pas trop tard à la vigne. La soupe sera prête à sept heures précises.

3.

La Jeanne-Antoine et Josillon descendirent l'escalier.

— Ah ! tenez, Jeanne-Antoine, puisque nous y voilà, voulez-vous voir aussi notre cave ?

— Tiens ! on entre par cette petite porte-là ? C'est bien commode, tout de même.

— Attendez, je vais en avant ouvrir la grande porte de la rue pour que vous voyiez clair. Prenez-garde ! Il y a huit marches à descendre. Hein ! il y a de la place ici ? C'est dommage que tout ne soit pas plein.

— Jeu !... quels grands tonneaux ! Est-ce que tout cela est plein de vin, Josillon ?

— Ah ! oui, je vous en souhaite. Tenez, écoutez celui-là, comme il résonne. Pan ! pan ! pan !

— Jeu !... il a bonne poitrine, à ce qu'il paraît. Et cette barre-là, qu'est-ce que c'est ça, Josillon ?

— Ça, c'est la porte pour entrer dedans.

— Tiens... je croyais que dans les tonneaux, on n'entrait... c'est-à-dire le vin ! Je croyais que le vin n'entrait que par le trou du haut...

— Le vin, oui ; mais les gens, non, Jeanne-Antoine ! Quand on les a vidés, quand on en a tiré le vin et la *geine* (le marc), il faut bien les nettoyer. Tenez, vous allez voir celui-là, comme il est propre.

Josillon prend une clef à écrou, ouvre le tonneau et desserre la bonde.

— Attendez, voici des chimiques. Je vais allumer ce bout de chandelle et nous verrons clair. Tenez, venez voir maintenant ! Avancez-vous tout con-

tre. Ayez pas peur. Hein ! voyez-vous là dedans,
comme tout brille ?...

— Jeu !. . On dirait que c'est partout du rubis,
Josillon. Qu'est-ce que c'est donc qui brille comme
ça, Josillon?

— C'est de la *pierre à vin*, Jeanne-Antoine.

— Et vous pouvez entrer là-dedans, Josillon ? Mais
cette porte est trop petite?

— Trop petite !... Quand une fois la tête peut entrer, il faut bien que tout le reste marche. On a encore de la souplesse, allez, Jeanne-Antoine. Tenez,
je vais essayer, pour vous faire voir...

Josillon engage sa tête dans le tonneau ; et une
fois qu'elle y est, il se met à crier de toutes ses
forces :

— Jeanne-Antoine !

Le tonneau mugit comme une caverne.

— Voulez-vous bien vous taire, Josillon ! Ouais !
vous m'avez fait une peur !... Comme ça résonne,
tout de même !

— Hein ? avez-vous vu ? Venez voir ce grand
diable-ci maintenant ?

— Ah ! ah ! il est debout celui-là.

— Pardié ! oui ; c'est la grosse cloche. On ne la
sonne que quand il vient des raisins qu'on ne sait
plus qu'en faire. On verse sa vendange là-dedans,
et quand ça monte trop en fermentant, on ôte sa culotte, et on va la *triper* [1] comme il faut...

[1] Fouler aux pieds.

— Qu'est-ce que vous dites, Josillon ! On ôte sa culotte?

— Pardié ! oui, on ôte sa culotte.

— Et alors ?

— Eh bien pardié ! alors... on est tout nu !

— Tout nu !

— Pardié ! oui tout nu !

— Oh ! les horreurs d'hommes ! De ma vie je ne retouche une goutte de vin ! Poui !

— Bah ! la *joume* ¹ de la fermentation nettoie tout. Maintenant, voici la petite racaille. Voilà ce qu'il me reste de ma dernière récolte. Il n'y en a plus guère. Mais il ne sortira pas de là pour la queue des prunes. Ça vient de ma vigne de Chauvirey. C'est du vrai vin de curé !

— Est-ce que vous l'avez aussi trippé dans la grande cuve, celui-là, Josillon ?

— Non, non ! celui-là pas. Attendez, je vais vous le faire goûter.

Josillon prend un verre à côtes dans un trou du mur, l'essuie bien, et tire du vin par un petit robinet qui se trouve au milieu du fond du tonneau.

— Hein ! voyez-vous comme ça *jicle ?* Tenez, flairez moi ça. Regardez comme c'est limpide. Tournez-vous contre le jour... un peu plus haut le verre. Hein ! n'a-t-il pas une belle couleur peau d'oignons ? Maintenant, goûtez *voir*, si vous croyez qu'on pourrait dire la messe avec ?

¹ Écume, en allemand, *Schaum.*

— Merci ! merci ! Poui !

— Ha ! ha ! ha ! la Jeanne-Antoine ! Elle ne peut
pas oublier la culotte !... Maintenant, ce tonneau-ci,
c'est notre *boire* du midi. Quand on va à la vigne,
en été, c'est excellent. Si on buvait alors du vin tout
pur, ça donnerait trop vite sur la caboche. Ces autres tonneaux, là au fond, c'est aussi de pauvres
corps sans âmes qui attendent la résurrection des
morts. Ça, c'est les cuveaux qu'on porte à la vigne,
à vendange, pour égrainer les raisins dedans, avec
le *vougrou* que voilà à cheval sur cette cheville au
mur. Ça, c'est ma *bouille* [1] et la tine où l'on met les
grappes.

— Tiens, çà a de grandes dents comme un râteau.
le *vougrou*, seulement c'est un râteau en demi-lune,
avec des dents trois fois plus longues, et point de
queue... A Villeneuve, il n'y en a point comme ça.

— Oh ! pardié ! je crois bien. Ça c'est le cuveau
de lessive de notre Fifine. Puis enfin, là, dans le sa-
ble du coin, c'est mes dernières bouteilles de 34 de
Chauvirey. Si vous venez nous voir à la Saint-Maurice,
la fête du Matachin, nous en boirons une, Jeanne-
Antoine, en mangeant une bonne soupe à la courge et
une bonne vieille poule au riz. Vous savez qu'une
Saint-Maurice sans soupe à la courge et sans vieille
poule au riz ne battrait plus que d'une aile. Celles de
Saint-Maurice sont réputées et le méritent bien.

[1] Hotte à porter les liquides.

L'aimez-vous, Jeanne-Antoine, la soupe à la courge ?

— J'aime tout, Josillon, sauf le vin !

— Et les culottes ! Allons, allons, maintenant, re-montons.

— Eh bien, oui, Josillon, car il fait joliment frais ici. Mais, à propos, il faut que j'aille encore à la pharmacie, pour un homme de chez nous, qui s'est donné un coup de hache dans la jambe ; là de côté ; tenez, Josillon, en équarissant un sapin dans le bois.

— Eh bien, il a dû faire là une jolie *buchaille* (éclat de bois), celui-là !

— Oh ! pardi ! c'est comme on dit des fois, le morceau pendait !... Mais on l'a recollé comme on a pu ; et le médecin a dit qu'il fallait y mettre de la graisse de galérien.

— De la graisse de galérien, Jeanne-Antoine ?... C'est peut-être du *cérat de Galien* que vous voulez dire ? De la graisse de galérien ! Quelle drôle de Jeanne-Antoine, va ! Allons, venez ; nous allons justement passer devant la pharmacie.

II

Villeneuve d'Amont est un village de cinq à six cents âmes, sur la route de Pontarlier, à trois lieues de Salins. Il appartient au département du Doubs, et on l'appelait *Villeneuve d'Amont*, pour le distinguer de *Villeneuve d'Aval*, qui est aux environs d'Arbois, dans le département du Jura.

De même que Lons-le-Saulnier, Poligny et Arbois, Salins se trouve situé à la base même du versant occidental de la grande chaîne du Jura. Ces montagnes, qui s'escarpent presque perpendiculairement du côté de la Suisse, en s'alignant en bataille comme une armée noire, devant la grande chaîne des Alpes blanches, s'affaissent au contraire du côté de la France, par gradins successifs, pendant une dizaine de lieues. Salins se trouve aux confins de la plaine et de la montagne, dont le plateau de Cernans forme le premier gradin, et celui de Villeneuve le second.

C'est à Villeneuve que commencent les sapins.

Quand on arrive au-dessus de la côte du Chalème, on voit à une demi-lieue le village grouper ses toits de tuile blanche, à une portée de fusil de la route, sur une légère crête qui garantit ses habitants de toute humidité. A droite, en avant du village, s'étend une vaste tourbière qui reste entourée pendant tout l'été de tas de tourbes noires que les habitants y font sécher au soleil pour leur consommation d'hiver. En prolongement de la tourbière, on embrasse à peu près d'un seul coup d'œil tout le territoire de la commune, encadré en amont par une des plus splendides forêts de sapins que possède peut-être la France.

Ce sol marneux et blanchâtre serait susceptible d'une fertilité moyenne. Par malheur, le manque d'eau courante, qui oblige les habitants à se contenter d'eau de citerne, y rend impossible les irrigations, et le voisinage des forêts y détourne depuis longtemps la population d'une culture opiniâtre et régulière, par l'appât de petits gains en numéraire à peu près journaliers.

Ce dernier inconvénient, du reste, n'est point spécial à la commune de Villeneuve. Toutes les communes voisines des forêts en sont également atteintes ; nulle part seulement, il n'entraîne des conséquences aussi funestes qu'ici, parce qu'aucune commune des environs n'a été aussi radicalement dépouillée par l'Etat de ses avantages forestiers, à la fin de l'autre siècle. Plusieurs communes voisines

sont si riches en forêts, qu'elles ne savent réellement
qu'en faire, et se laissent entraîner à bâtir des égli-
ses absurdes de luxe et de mauvais goût, par la simple raison que le régime de minorité perpétuelle qui
pèse sur les communes, en France, ne leur permet
pas d'emploi plus fructueux de leurs fonds. Indépendamment de ces avantages généraux qu'on pourrait
souvent mieux utiliser, les habitants de ces communes ont, dans leurs droits d'*affouage*, et dans leurs
droits de *rémanents*, une source d'avantages personnels qui leur constitue parfois une rente assurée
de plus de cent francs par famille. Quiconque sait,
par expérience ou par observation, combien d'efforts
représente la production d'une pareille somme en
agriculture, pourra se faire une idée de l'importance
d'un avantage communal de cette dimension.

De tout cela, les habitants de Villeneuve sont complétement privés, ou bien peu s'en faut. Leurs voisins viennent exercer leurs droits de rémanents jusqu'à leurs portes, sans qu'ils aient mot à dire, et
leurs droits d'affouage sont souvent si onéreux qu'ils
y renoncent entièrement.

Le voisinage des forêts a, avec le voisinage de la
mer, plus d'une analogie. Comme la mer, les forêts
ont leurs golfes, leurs caps, leurs îlots, leurs proies
faciles, leurs richesses toujours renaissantes, leur
roulis, leurs orages, leurs dangers, leurs mugisse-
ments sans fin, leurs immenses solitudes.

Aux époques primitives, le droit de pêche et le

droit de cueillette ne font qu'un seul et même paragraphe au Code de la loi de nature ; aussi le même attrait mystérieux qui emporte l'habitant des côtes à travers les vagues, emporte-t-il, ici, le paysan, sa hache à la main, au milieu des bois. Les habitants du voisinage des forêts ne sont guère meilleurs cultivateurs que les habitants des côtes ; mais ici s'arrête l'analogie.

Ce sont des gens intéressants à observer que les pêcheurs de Normandie ; tous ces vigoureux marins semblent forts comme des chênes, graves comme des statues et doux comme des agneaux. La contemplation de la mer a quelque chose de bien saisissant sans doute. Rien de plus facile que de passer des journées entières à la regarder, sans s'apercevoir de la rapidité des heures à d'autres indices qu'aux importunités d'un appétit féroce; mais ce qui est plus saisissant peut-être à contempler que la mer, c'est un pêcheur la regardant lui-même. Il y a alors dans son regard quelque chose de vraiment étrange. Est-ce de l'amour ? du défi ? Est-ce de la convoitise ? de la terreur ? On ne sait trop. Peut-être y a-t-il de tout cela ensemble. En tous cas, ces pêcheurs semblent bons et doux, voilà le point à constater ici.

C'était un dimanche soir, vers la fin d'août. Le dimanche, les bateaux restent à sec sur la plage. Ils étaient donc là bien rangés en ligne, au bord même de ces vagues qui semblaient les solliciter par leur reflux, et qui allaient les emporter tous comme d'habitude, à deux heures du matin. Les pêcheurs étaient tous là aussi, à se reposer sur un talus, en fumant leur pipe, entourés de leur famille et la figure tournée vers le soleil couchant qui allait disparaître dans les eaux.

Peu de temps auparavant, l'un d'entre eux, père d'une nombreuse famille et propriétaire d'un bateau, s'était noyé à la mer. Dès cet instant, tous les autres pêcheurs, solidaires entre eux à la vie à la mort, faisaient par ensemble la pêche du bateau qui tous les soirs revenait au rivage, aussi chargé de poisson que du vivant de son propriétaire.

Un fait pareil qui n'est qu'une chose toute banale et tout ordinaire dans les villages de la côte de Normandie, s'est-il jamais reproduit sous une forme ou sous une autre dans nos villages forestiers du Jura? Nous ne le croyons pas. Pourquoi? Qu'on nous permette de hasarder à cet égard quelques suppositions personnelles.

La pêche en Normandie est une industrie qui vit d'efforts collectifs ; le bûcheronnage, au contraire, est une industrie qui s'exerce plus ordinairement dans la solitude.

Quand il fait beau, la pêche est une affaire de patience, d'adresse et de contemplation. Les tempêtes et les coups de mer sont des accidents qui ne font point partie de la pêche en elle-même. Le bûcheronnage, au contraire, est, par tous les temps, une lutte à main armée contre cette partie du domaine de la nature qui est du ressort de son exploitation.

Le pêcheur vit entre le ciel et l'eau. Il a continuellement devant lui des horizons immenses. Le bûcheron, au contraire, vit au milieu de fourrés sans perspective, quelquefois même presque sans lumière.

Les pêcheurs rentrent le soir tous ensemble, comme ils sont partis le matin. Le soleil n'est pas encore couché. Toutes leurs voiles noires semblent se saluer comme des hirondelles frémissantes, à mesure qu'elles se reconnaissent de tous les points de l'horizon en vue du port où on les attend. Le bateau aborde. Le patron descend, embrasse sa femme et prend son dernier né qu'elle lui présente, dans ses gros bras velus. Sa tâche est finie. Il ne se mêle plus de rien. Ce sont les femmes, les adultes et les vieillards qui remontent le bateau sur la grève en tournant au cabestan. Le bûcheron, lui, au contraire, ne quitte sa tâche qu'à la nuit noire. Il semble se glisser le long des haies comme un être fantastique. Le passant attardé, en voyant se dessiner sur le fond du ciel gris la silhouette de cet homme, avec sa hache sur l'épaule, ne sait s'il ose l'aborder, ou s'il doit attendre qu'il ait disparu, pour continuer sa route.

Autre chose maintenant. Pourquoi le travail de la terre n'est-il pas préféré par nos paysans au travail dans les bois ? Nous en avons donné tout-à-l'heure la cause affirmative, le salaire à courte échéance, bien différent de celui de la culture qui se fait d'ordinaire attendre une année ; indépendamment de l'attrait qu'une certaine vie sauvage peut avoir pour certaines natures. Les contrebandiers et les braconniers sont aussi dans ce dernier cas. Mais les causes négatives ?

Il n'y a pas de propriétaire plus farouche que le paysan qui peut arriver à la propriété, parce qu'il n'en est pas qui ait un besoin plus intense de la possession.

Le bourgeois et le financier font bon marché de la *possession*, pour ne viser qu'au *revenu*. Le paysan, au contraire, a tellement peur de perdre le fruit de son travail qu'il ne recule devant aucun sacrifice, quant aux détails du revenu, pour en arriver plus vite simultanément à la propriété et à la possession du fonds.

Comme il n'y a pas de fonds plus solide, plus *imperdable* que la terre, le paysan n'attache non plus réellement de prix qu'à celui-là.

Mais pour aimer ainsi la terre, il faut en avoir assez pour y implanter largement ses vanités et ses affections. Il faut avoir, sur cette terre, non-seulement son pain du jour assuré, mais aussi la certitude de celui du lendemain ; et ce n'est certes point

4.

là le cas du plus grand nombre. Au lieu d'aimer ainsi la brebis pour elle-même, combien de malheureux sont obligés, au contraire, de la tondre si près et si souvent qu'elle ne va pas loin sans y laisser toute sa peau. Quand la pauvre bête est épuisée, il faut bien chercher fortune ailleurs. Telle est, à ce qu'il nous semble, l'histoire de la plupart des gens qui se livrent, soit par le bûcheronnage, soit par le voiturage, à l'exploitation de nos forêts.

Comment s'étonner, d'ailleurs, de l'avarice et de la rudesse de mœurs des paysans de nos contrées, quand on réfléchit à la dureté impitoyable de la terre dans nos montagnes qui, elle non plus, ne leur donne, certes, rien pour rien. Les éléments du travail de l'homme ont une influence forcée sur son caractère. Les sculpteurs tiennent tous plus ou moins, dit-on, du marbre ou de l'airain qu'ils façonnent. On comprend aisément qu'un tailleur de pierre n'ait pas tout-à-fait l'humeur d'un maître de danse. Pourquoi nos paysans ne se ressentiraient-ils pas de même de la dureté et de l'avarice des champs qu'ils cultivent ?

Du haut du Chalème la route blanche se déroule à peu près en ligne droite à travers la plaine, comme impatiente de s'engager dans la forêt. Quelques haies d'aubépines, quelques lignes de frênes et une longue file de mètres de pierre en forment tout l'ornement. En ce moment, on n'y aperçoit qu'un

cantonnier avec son enseigne rouge et blanche fi-
chée à côté de lui dans la terre, et deux voitures
d'Arboisins qui ramènent, de Pontarlier, des planches, sur lesquelles se trouve hissée une masse de
tonneaux vides. La poussière que soulèvent les pieds
des chevaux voltige devant eux en léger nuage. A la
cime de leur collier recouvert d'une grande peau de
mouton teinte en bleu, avec toute sa laine, s'agite
un énorme grelot, au bruit monotone duquel le voiturier s'endort sur sa petite banquette de cordes, au
flanc de la première voiture. Non loin de l'entrée de
la route dans la forêt, s'embranche un des chemins
qui conduisent au village. C'est sur la lisière droite
de ce chemin que se trouve la maisonnette de la
Jeanne-Antoine. La porte d'entrée de la cuisine
et les fenêtres donnent du côté du village, c'est-à-
dire au midi, sur les deux carrés de choux qui viennent d'être plantés depuis peu et qui ont fort bien
repris. Du côté de la rue, le toit presque plat et en
gros *bardeaux* (ancelles) forme une forte saillie
sous laquelle une voiture peut aisément trouver
place, indépendamment de la pile de bois qui donne
artistement la main à une autre pile de tourbes sè-
ches par-dessus la porte de l'étable. Du côté du nord,
voici la porte du grenier à foin qui se trouve sur l'é-
curie même. La Jeanne-Antoine n'a pas de grange.
Elle était obligée d'aller battre son blé chez les voisins, avant l'invention des battoirs mécaniques. La
Jeanne-Antoine n'a pas non plus de citerne, c'est-à-

dire, pas de citerne complétement à elle, comme il est facile de le voir par cette *chaînette* (chenai) en sapin qui part du toit de la maison voisine, pour aboutir au même trou que la sienne, derrière cette auge en bois où vient boire le bétail. La citerne de la Jeanne-Antoine n'a pas de pompe. L'eau s'en tire tout simplement au moyen d'un grand balancier formé d'un jeune sapin tout entier, encore habillé de son écorce, et fixé par une cheville entre les deux cornes que forme un autre grand sapin en Y planté dans la terre. A l'un des bouts de ce balancier pend une grosse pierre, et à l'autre un *seillot* qui va puiser l'eau dans les profondeurs du réservoir.

Dans l'écurie de la Jeanne-Antoine, il y aurait certainement place pour plus des trois bêtes qui y logent ; toutefois, si elles y prennent toutes trois aussi bien leurs aises que la Bouquette le fait en ce moment, il est évident qu'il n'y en a pas de trop. Cependant, l'on aperçoit dans le fond une brouette, un trident et deux gros balais. La Jeanne-Antoine n'a ni herse ni charrue. Pour labourer ses champs, elle est aussi obligée d'attendre que les voisins veuillent bien lui prêter les leurs. Aux solives rondes du plafond est clouée une latte qui sert de perchoir aux poules.

La cuisine de Jeanne-Antoine, qui communique avec l'écurie au moyen d'une porte, n'est pas luxueuse. Faute d'argent, hélas ! on a oublié de la *cadetter* (daller), lors de la bâtisse, et plus tard, on s'est si bien accoutumé à la terre nue qui lui sert de plancher, qu'on en est resté là.

La bande de la cheminée est formée d'une grosse solive de sapin qui court d'un mur à l'autre. A cette solive pendent quelques ails et une vessie de cochon. Cette vessie n'indique pas du tout que la Jeanne-Antoine puisse se permettre le luxe d'un cochon; c'est tout simplement une vessie qui provient de chez un voisin où elle s'est aidée à faire le boudin, et qu'elle a gonflée en soufflant de toutes ses entrailles, en prévision des besoins qu'on pourrait en avoir, tant pour les gens que pour les bêtes. Le foyer n'a pour chenets que deux gros cailloux. Bien qu'il soit aujourd'hui sans feu, on dirait cependant qu'il s'en dégage tout de même des odeurs de résine. La batterie de cuisine se résume en un crochet de fer, une vieille pelle percée comme une écumoire, et un soufflet asthmatique, au bec de fer-blanc. De l'autre côté, pend au mur un vieux sabot duquel on voit sortir des allumettes. Dans la cheminée se trouve un rayon sur lequel sèche un cérat, auquel on a déjà bien des fois coupé. A gauche, s'ouvre la gueule du four, dont le dos fait saillie sur le jardin. Vis-à-vis, la seille d'eau à larges cercles de cuivre prend ses aises sur un rayon de pierre incrusté dans le mur. A côté de la seille se trouve le *seillot* de sapin blanc dans lequel la Jeanne-Antoine trait sa vache, et la *taille* de bois sur laquelle le fruitier marque à la craie rouge la

quantité de lait qu'elle lui apporte. Au-dessus de la
seille s'étalent quelques écuelles, puis vient la petite
armoire où la Jeanne-Antoine loge ses provisions de
bouche. En bas, se trouvent deux marmites à base
en pointe, deux marmites de fourneau. En fait de
chaises, voici la sellette sur laquelle on s'assied pour
traire la vache, puis ce gros tronc de sapin sur lequel on chapelle le bois. Au mur pend la poêle à frire,
à un clou, et deux chaînes de voitures, à une cheville, et puis... plus rien.

Passons au *poêle*, c'est-à-dire, à la chambre à manger et à coucher de la Jeanne-Antoine. Un pauvre lit
à rideaux de cotonnade rouge occupe l'angle voisin de
la fenêtre, vis-à-vis laquelle un vieux buffet, dont
elle a toujours la clef dans sa poche, renferme son
linge, ses cotillons et sa bourse. Sur le buffet on
aperçoit une quenouille et une *filette* couchée sur le
flanc. La table longue touche par un bout le seuil de
la fenêtre, avec un banc de bois de chaque côté. Sur
cette table se trouve une salière blanche et une grosse
nappe à rayure rouge, dans laquelle habite la miche
de pain. Vis-à-vis le lit, s'ouvre dans le mur une espèce de niche, au fond de laquelle on aperçoit par le
dos la platine du foyer de la cuisine. Contre cette
platine se trouve une perche, sur laquelle on peut
faire sécher le linge, quand il y a du feu de l'autre
côté. Le mur, au-dessus de la platine, est percé d'un
trou, par lequel s'engage le tuyau du fourneau de
fonte, qui ne bouge pas du milieu de la chambre

pendant toute l'année. A l'embrasure intérieure de la fenêtre figurent, d'un côté, un almanach, et, de l'autre, une image d'Epinal aux couleurs fortes, représentant le *Jugement dernier*. Deux autres images, de même fabrique, ornent les deux côtés de la platine ; l'une est le *Degré des âges*, et l'autre la *Mort de saint François-Xavier*, sur une plage des Grandes-Indes. Au plafond enfin pendent deux énormes paquets de fil qui attendent le tisserand.

La chambre du Grand, qui vient ensuite, n'a pas d'autres ornements que son lit de *paillottes,* deux paires de bottes qui jouent à cache-cache par-dessous, ses habits du dimanche accrochés à un clou au mur, deux sacs de grain et un sac de farine qui rêvent dans un coin à côté du pétrin de la Jeanne-Antoine ; un petit miroir à barbe à l'espagnolette de la fenêtre ; au plafond, un paquet d'oing blanc pour graisser les voitures, et quelques vieilles ferrailles éparses dans un autre coin, avec une grande hache d'équarrissage. La cave touche à cette chambre du Grand, en prolongement de l'écurie. Quand il y avait encore des pommes de terre, la Jeanne-Antoine logeait là les siennes. Aujourd'hui, cette cave ne sert plus à rien.

Le tas de fumier de la Jeanne-Antoine se trouve vis-à-vis l'écurie, appuyé ou plutôt aplati contre la haie, de l'autre côté du chemin. Comme l'espace disponible entre le chemin et la haie est fort étroit, la

Jeanne-Antoine a été obligée de disposer ce fumier
avec beaucoup d'art ; aussi a-t-il l'air de se dresser
sur la pointe des pieds, en rentrant son ventre et en
serrant ses coudes, pour laisser la circulation plus
libre aux gens et aux voitures. Les deux poules de
la Jeanne-Antoine y grattent, en ce moment, de
toutes leurs pattes, pour suppléer sans doute au dîner dont les prive l'absence de leur maîtresse. Elles
sont si occupées, ces pauvres bêtes, qu'elles ne semblent pas même entendre les criailleries des moineaux
dans la haie voisine.

C'est dans cette maisonnette que le Grand a toujours vécu jusqu'à ce jour. On l'appelle maintenant
le Grand, parce qu'effectivement il est d'une superbe
taille. Quand il était petit, on l'appelait par son nom
de baptême raccourci d'une syllabe : Manuel.

L'enfance de Manuel n'a rien eu de bien extraor-
dinaire. Tant que vécut son père, il fut obligé de se
résigner à servir, comme berger des vaches, chez
des étrangers ; mais, une fois son père mort, il re-
vint de lui-même auprès de sa mère qui n'eut plus le
courage de le renvoyer.

Une seule idée fixe, une seule passion préoccupa
Manuel pendant ses premières années, et encore ne lui
tourna-t-elle pas à bien ; ce fut la passion des bottes.
Toutes les nuits il en rêvait, et tous les dessins qu'il
traçait avec son couteau, sur la pelouse du pâturage
aboutissaient toujours à cette forme enchanteresse.

Un jour qu'il était allé à Salins avec sa mère, il en aperçut une paire qui lui sembla superbe à l'étal d'un fripier du faubourg. Il trouva moyen de quitter un instant sa mère, pour aller s'informer de ce que cela pourrait coûter. C'étaient de vieilles grandes bottes à tiges roides découpées en cœur, qui avaient déjà bel et bien servi. On les lui fit quatre francs. Manuel mesura la longueur du pied et trouva que cela pouvait lui aller ; car après tout, si c'était trop long, il suffirait d'un peu de foin pour rétablir les proportions. Restait un problème à résoudre, celui de réaliser les quatre francs. Ce n'était pas une petite affaire. Mais aussi, dès que Manuel avait un but, il devenait adroit, ingénieux, lui, d'apparence ordinaire si insoucieuse et flegmatique.

On était alors au mois de juin. Les fraises des sapins, les plus suaves de toutes, allaient bientôt mûrir. Manuel se mit à tresser de petits paniers qu'il lui semblait déjà voir pleins de jolies fraises rouges, qui se convertissaient bientôt en jolis petits sous rouges, lesquels se transformaient à leur tour en deux admirables bottes absolument pareilles à celles du fripier de Salins.

Si abondantes que soient les fraises, il faut encore bien du temps pour en ramasser pour quatre francs. Mais il y a une Providence pour les cœurs de bonne volonté. Manuel s'en aperçut bientôt.

Sur ces entrefaites, il arriva, fort heureusement.

à la cure un jeune prêtre maladif, de Besançon, à
qui les médecins avaient recommandé de venir respirer quelque temps l'air pur et fortifiant des sapins.
C'était une messe de plus à entendre pour les deux
ou trois vieilles femmes qui assistaient tous les ma-
tins déjà à celle du curé. C'était aussi une messe
de plus à servir pour les bambins du village. Le service de cette messe-ci aurait même sur celle de
M. le curé, pour ceux qui auraient la chance de l'obtenir, la perspective d'une rétribution quelconque,
dont le jeune prêtre ne manquerait pas de gratifier
son monde, pour peu qu'il eût de savoir-vivre. Manuel
qui était aux aguets sous les cloches, le lendemain
de l'arrivée du nouveau prêtre, supposant bien qu'il
ne tarderait pas à venir dire sa messe, se mit à sonner spontanément de toutes ses forces, sitôt qu'il le
vit entrouvrir la porte de l'église.

— Est-ce ma messe que tu sonnes-là, mon petit
ami?

— Oui, monsieur le curé.

— Allons, allons, tu es bien gentil. Tu vas venir
la servir aussi, n'est-ce pas ?

— Oh! oui, monsieur le curé.

— Allons, c'est bien, va ; en voilà assez. Ne sonne
pas tant, tout le monde doit avoir entendu.

Manuel était consciencieux. Il voulait en donner
au jeune prêtre pour son argent ; aussi ne put-il se
décider à ne pas ajouter à sa belle sonnerie quelques
dindins supplémentaires, à la façon des cafetiers qui

vous accordent toujours deux ou trois gouttes de grâce, destinées à former le bain de pied, quand vous leur demandez un petit verre.

En un clin d'œil, Manuel eut disposé l'autel et allumé les cierges. A l'*Introïbo*, que le jeune prêtre récitait d'une voix douce, Manuel se mit à répondre à pleins poumons. Le jeune prêtre, qui était là pour refaire un peu sa poitrine délabrée, put comprendre à la sonorité de celle de son petit servant, que son médecin l'avait parfaitement conseillé. Au *Sanctus* et à l'*Elévation*, Manuel agita des deux mains la sonnette de l'autel, de manière à réveiller un mort. Une fois rentré à la sacristie, le jeune prêtre le remercia en lui donnant un sou, que Manuel retourna d'abord deux fois dans sa main. Quand il vit que ce n'était pas de la fausse monnaie, il répondit :

— Merci, monsieur le curé. Faut-il revenir demain?

— Oui, si tu veux ; mais je te recommande bien de ne pas sonner si fort... Comment t'appelles-tu ?

— Je suis le petit de chez la Jeanne-Antoine Bouchet. A moi on me dit Manuel.

— Allons, c'est bien. Au revoir.

— Au revoir, monsieur le curé ! répondit de sa voix de basse l'heureux Manuel en rentrant, pour s'en aller, dans l'église, dont la voûte retentit bientôt sous les talons de ses sabots qu'il faisait sonner sur les dalles, comme si c'eût été déjà les talons des bottes auxquelles il rêvait.

Manuel se trouvait en bonne veine, et sûr désor-

mais de sa rente journalière. La messe quotidienne
du jeune prêtre était devenue sa messe à lui, Manuel,
et mal eût pris à tout autre bambin de prétendre em-
piéter sur ses droits acquis.

Un mal n'arrive jamais seul. Il en est parfois de
même d'un bien. Quelques jours après, le percepteur
de Levier était venu à Villeneuve assister à une adjudication communale. Au moment de procéder à l'adjudication, il s'aperçoit qu'il a oublié un registre indispensable. L'adjudication ne peut être retardée.
On parle d'envoyer un exprès à Levier pour chercher
le fameux registre. Manuel, qui apprend cela, court
à la maison commune offrir ses services, qu'on ac-
cepte aussitôt. Manuel, tout hors de lui, jette alors
ses sabots derrière la porte, et s'élance comme un
chevreuil dans la direction de la forêt. Arrivé aux
sapins, il laisse la route pierreuse à gauche et
se met à suivre, la lisière pelousée du bois. Ces
bons vieux sapins, si graves et si tristes d'habitude, semblent, ce jour-là, se sourire entre eux
en le voyant courir. Les merles ont beau siffler, les
coucous chanter et les abeilles bourdonner, Manuel
n'écoute rien. Il ne pense qu'au registre et aux
bottes du fripier.

A la montée du Pré-au-Maire, il fallut cependant
rejoindre la route. Manuel en profita pour respirer
un peu en ne montant qu'au grand pas ; mais une
fois au-dessus, il reprit lestement sa course. Au

sortir du bois, une brise fraîche vint lui caresser le front et les joues. Toute la grande plaine du Levier était comme inondée de soleil. Les blés, encore jeunes, dardaient avec vigueur contre le ciel la pointe de leurs feuilles vertes. Les marguerites agitaient au vent leurs coiffes blanches, comme des nonnes en goguette. Manuel, lui, courait, courait toujours.

De Villeneuve à Levier, il y a cinq quarts de lieue. Manuel était parti à dix heures précises. A onze heures et un quart, le registre attendu était à la maison commune, le percepteur avait donné dix sous à Manuel pour sa peine, et l'adjudication communale avait repris sa marche régulière.

Le jeune prêtre resta quarante jours à la cure de Villeneuve. Cela ne devait faire, d'après les prévisions ordinaires, que quarante sous pour Manuel; mais le vicaire avait été si content de son petit servant, qu'au lieu du sou de rigueur, il lui en donna dix en plus, le dernier jour, en lui annonçant qu'il allait partir.

Cette triste nouvelle n'était sans doute pas faite pour égayer Manuel; cependant il se consola philosophiquement, en glissant dans sa poche la pièce de dix sous.

Dix sous du percepteur et quarante-neuf sous du jeune prêtre, cela faisait déjà trois francs moins un sou, c'est-à-dire toute une somme dont la Jeanne-Antoine ne se doutait nullement. Les fraises devaient

parfaire le compte. Les petits paniers de Manuel,
fabriqués tout simplement au moyen de grandes
herbes et de feuilles de gentiane rapportées du pà-
turage, avaient un air si propre que les acheteuses
du marché ne regarderaient pas à lui donner un sou
de plus pour les emporter, avec les fraises y conte-
nues. Comme Manuel n'avait pas moins de douze
paniers de fraises à trois sous pièce, cela lui fit
trente-six sous, dont sa mère, il est vrai, lui de-
manderait compte, cette fois-ci. Mais enfin, il y
aurait toujours moyen de s'arranger avec elle ; et
Manuel n'eut pas sitôt empoché les trois sous de
son dernier panier, qu'il voulut courir chez le fripier.

Comme il arrivait ainsi au galop sur la place Au-
barède, le cliquetis de tout l'argent qu'il avait en
poche le décida à s'arrêter sur un banc, pour compter une dernière fois combien il avait au juste. Il
mit d'abord sur le banc les deux pièces de dix sous,
puis une pièce de vingt sous, dont il avait eu à
rendre la monnaie à l'une de ses acheteuses ; puis
il empila les uns sur les autres une dizaine de gros
sous doubles ; tout le reste était en petits sous, et il
y en avait quinze de plus que le compte.

La vue fascinatrice de tant d'argent faillit un instant lui faire perdre la pensée des bottes. Bientôt, cependant il empocha le tout, se remit en route pour le
faubourg, et arriva enfin à la hauteur de la boutique

du fripier. Après avoir tournaillé pendant dix minutes devant la porte, qui était ouverte, il prit son courage à deux mains et se décida à entrer, en faisant le geste de se moucher sur sa manche, par manière de contenance. La première fois Manuel avait parlé à la femme du fripier. Cette fois-ci, il se trouvait en face du fripier lui-même. Soit que les vieilles bottes eussent baissé de prix dans l'intervalle, ou que la taxe des objets du magasin ne fût pas bien uniforme dans la tête des deux époux, on ne lui fit plus cette fois-ci les bottes que trois francs dix sous.

Cette découverte, au lieu d'enchanter Manuel, lui fit froncer le sourcil. Il regarda longtemps les bottes en tous sens, pour s'assurer que c'étaient bien les mêmes ; et quand l'identité lui parut incontestable, il se demanda enfin, à part lui, si à trois francs dix sous, ces bottes, depuis si longtemps convoitées, ne seraient pas encore payées beaucoup trop cher. Tout à coup il releva la tête, regarda le fripier, et dit involontairement, sans bien se rendre compte de ce qu'il disait :

— Oh !... il me semble que pour trois francs...

— Allons, va pour trois francs ; mais dépêche-toi, ou débarrasse-moi le plancher !

Manuel mit les bottes. Elles étaient bien un peu larges ; mais le foin était là pour y remédier. Quant aux tiges, c'était autre chose. Elles étaient si hautes et si roides, que cela lui gênait horriblement l'articulation du jarret.

— Bah ! cela se fera, dit le fripier.

Et Manuel lui compta ses trois francs, tout impatient d'aller essayer sur la terre molle d'un sentier quelle belle empreinte il y laisserait.

Manuel était à peine à trois quarts de lieue, c'est-à-dire près de la fontaine de la Grange du Mont, que le pauvre diable ne pouvait plus aller. Le haut de la tige, toujours aussi dure, lui ravageait le dessous de la cuisse, et ses pieds, habitués jusque-là au grand air, commençaient à se meurtrir d'une horrible façon.

En ce moment il rencontra des voituriers de Villeneuve, qui descendaient de la tourbe à la saline :

— C'est les bottes de ton grand-père que t'as mises là, dis donc, Manuel ?

Manuel, qui ne marchait plus que comme sur des rasoirs, et qui regrettait horriblement ses trois francs, ne répondit rien, laissa passer les voitures, et alla se cacher derrière un buisson. Là, il ôta une de ses bottes, aplatit la tige sur la pelouse, tira son couteau et coupa l'excédant de la tige, sans s'apercevoir qu'il coupait du même coup les deux oreilles de sangle. Il voulut ensuite ôter l'autre ; mais il n'y eut pas moyen. Manuel sentait son pied nager dans quelque chose d'incompréhensible. Le voisinage de la fontaine lui suggéra l'idée d'aller y tremper son pied tout botté. Au bout d'un instant, le cuir s'amollit, à la vérité ; mais en même temps, tout l'avant-pied, se séparant de la semelle, se mit à bâiller

comme un crocodile. En voyant ses orteils regarder
ainsi par la fenêtre, Manuel fut pris de stupeur. En y
regardant de près, il reconnut que son pied était en-
glué dans un morceau de poix oublié au fond de cette
botte, depuis un temps immémorial. A cette découverte, sa fureur et son dépit n'eurent plus de bornes.
Il se mit à sabrer la tige du haut en bas pour dégager son pied, fit sauter pareillement la couture exté-
nuée de l'autre botte, en vérifiant si elle était plus
solide que sa compagne, lança tous ces malheureux
débris par-dessus les buissons dans les rochers de
Creux-Lague, et reprit enfin sa route en jurant contre les fripiers, contre les vieilles bottes, et, en général, contre toutes les trompeuses vanités humai-
nes.

A partir de cette époque, Manuel, qui ne voulait
point aller au service comme domestique, commença à
travailler dans les bois. Comme il était jeune et fort,
il se livra à l'ébranchage, ou plutôt comme l'on dit
en argot forestier, au *montage* des sapins marqués
pour la coupe et vendus par l'administration des forêts aux marchands de bois, qui les font expédier
eux-mêmes. Le montage est un métier qui a bien
ses dangers ; mais le danger n'était qu'un attrait de
plus pour Manuel. Grimper comme un écureuil jusqu'à la cime de ces arbres géants, dont la base a
quelquefois dix à douze pieds de circonférence, c'est-
à-dire échappe à une étreinte humaine, et dont la

tête seule est garnie de quelques branches; sans autre secours que celui d'une corde pour se retenir à l'arbre, et de deux ergots de fer assujettis aux jambes comme ceux d'un coq, à faire entrer dans la rugueuse écorce ; puis, une fois à la cime, c'est-à-dire à plus de cent pieds du sol, tout scier et tout abattre autour de soi, avec une tête assez solide et une présence d'esprit assez constante, pour être sûr qu'on ne se laissera jamais tomber : voilà ce que c'est que l'ébranchage.

Dès les premiers jours, Manuel trouva à ce travail un attrait des plus vifs. Il éperonnait son arbre avec une telle ardeur, qu'en deux élans il arrivait à moitié chemin.

Là, c'est-à-dire à la hauteur d'une maison de quatre étages, il respirait un instant, en mesurant alternativement du regard l'espace qu'il avait déjà franchi et celui qu'il lui restait à franchir encore ; puis il repartait, plein de zèle, et ne s'arrêtait que quand sa tête dépassait la plus haute branche du sapin. A cette hauteur, l'attendait un spectacle analogue à celui dont jouit un plongeur qui, du fond de la mer, revient brusquement à fleur d'eau. Toutes les cimes de cet océan de grands arbres ne sont-elles pas vertes, sombres, plaintives et houleuses comme les vagues de la mer ? Tous ces grands corbeaux ne tournoient-ils pas à grands coups d'ailes autour de lui, comme les goélands sur la mer ? Toutes ces grandes mousses qui pendent à ces hautes cimes n'ont-elles pas aussi quelque rapport avec les algues de la mer ?

Vienne un vent d'orage à passer maintenant sur cette plaine immense, qui s'appelle ici le Grand-Jura, là le Petit-Jura, plus loin le Maublin, la Joux et la Fresse, et toute cette plaine va se tordre dans des convulsions, dans des rugissements, dans des rages à faire pâlir un marin.

Quels sont donc ces craquements qui partent de tous côtés comme une canonnade ? Est-ce la mâture d'une flotte invisible qui se rompt au-dessus des vagues ?

Quels sont ces cris humains, ces jurements, ces clameurs entrecoupés par le tonnerre et la pluie ? Sont-ce les dernières malédictions ou les dernières prières des passagers prêts à être engloutis ?

Quels sont même ces beuglements sourds et confus qui sortent du sein des vagues ? Sont-ce peut-être les cris de joie de monstres marins qui s'apprêtent à faire curée de tout le pauvre équipage ?

Non, ce n'est rien de tout cela.

Ce qui craque ainsi de tous côtés, ce ne sont point les mâtures d'une flotte en péril, ce sont les sapins du Grand-Jura que la tempête tord et brise au loin comme des baguettes. Ce qui crie et blasphème, ce ne sont point des passagers prêts à être engloutis...

Ce qui beugle, dans ces profondeurs, ce ne sont pas des monstres marins prêts à faire curée d'un équipage.

Ce sont les voituriers de marine qui chassent leurs bœufs, à grands cris et à coups de trique, dehors de la forêt, de peur qu'un sapin déraciné ne les écrase dans sa chute.

Quant à Manuel, lui, tout cela ne l'épouvante guère. Il ne se rappelle même pas que le tonnerre pourrait le frapper là-haut le mieux du monde ; il présente avec délices sa tête nue aux averses de la pluie ; il suit avec ironie les ondulations de son sapin ; il aspire l'éclair des yeux et des narines. Tout cela l'enchante ; tout cela le transporte dans un monde inconnu. Puis bientôt voici que la nue s'éloigne. Le vent se calme ; les oscillations du sapin s'adoucissent ; le ciel redevient bleu ; la pluie cesse ; le soleil se remontre ; les arbres se secouent, et aux lueurs du soleil couchant, chaque goutte d'eau qui tombe scintille comme une topaze.

Quand Manuel devint plus grand, il prit une scie et une hache et se mit à l'*abatage*. L'abatage est une opération qui a bien aussi sa solennité, et qui demande également sa part d'adresse et de justesse de coup d'œil. Ce n'est pas tout que d'avoir préparé au grand arbre la place où il doit s'étendre, en élaguant même toutes les branches de ses voisins qui pourraient déranger sa chute, il faut encore que l'incision par la base soit si bien calculée que cette chute s'opère exactement dans la direction voulue, car le marchand de bois est responsable, sous peine d'amende, de tous les dégâts que pourrait entraîner une chute irrégulière. Une fois le côté de la chute décidé, il ne faut plus que de la graisse de bras pour faire manœuvrer horizontalement la scie, en attaquant l'arbre par le côté opposé à celui de la chute ; et en fait de vigueur musculaire, Manuel n'était pas en peine. Naturellement il faut être deux pour faire manœuvrer cette scie. A mesure qu'elle entre, on enfonce sur sa trace, à grands coups de hache, d'énormes coins qui soulèvent insensiblement l'arbre dans toute sa masse ; puis voilà que tout à coup un craquement se fait entendre, l'air siffle et la terre tremble... Le géant est terrassé malgré sa taille, et l'homme, appuyé sur sa hache, reste debout à côté.

Après l'abatage, vient l'équarrissage. C'est une affaire de charpentage plus ou moins adroit. Quand les bois sont équarris, il faut les sortir de la forêt. Pour cela, l'époque des neiges est naturellement la plus commode, mais on ne l'attend pas toujours. On plante une forte cheville en fer à la tête actuelle du sapin qu'on appelait son pied quand il était debout. A cette cheville on accroche une chaîne, et au bout de cette chaîne sont attelées autant de paires de bœufs (parfois de vingt à trente paires), autant de paires de bœufs, dis-je, qu'il en faut pour enlever la charge par le simple glissement sur la terre humide ou sur la neige.

Le montage d'un sapin de cent pieds se paie un

franc, l'abatage cinquante centimes, l'équarrissage cinq à six francs, et le voiturage à Salins de huit à douze francs.

Les arbres brisés par l'orage se divisent en trois catégories. Ceux qui sont complétement déracinés s'appellent les *chablis* ; ceux qui sont brisés par le milieu s'appellent les *étoques ;* et enfin ceux qui ont séché sur pied s'appellent les *séchons.*

On appelle *rémanents* les abatis de l'ébranchage. Ces rémanents sont vendus par les marchands de bois aux maîtres de forge, jusqu'à concurrence de la quantité qu'ils sont tenus d'en livrer cependant aux communes qui ont conservé intacts leurs anciens droits de rémanents.

Nos forêts du Jura sont traversées en tous sens par des routes d'exploitation superbes. Rien de magnifique à voir en ce genre, par exemple, comme la croisée des routes du Pré-au-Maire, par où passait le petit Manuel quand il courait à Levier. A aucun autre endroit de la forêt ne se dégage mieux le sentiment de ce mystérieux grandiose des sapins, qu'au point d'intersection de ces quatre routes, allant, l'une à Levier, l'autre à Villeneuve, celle-ci à Villers sous-Chalamont, celle-là à l'Abergement-du-Navois. Cependant, si belles et si multipliées que soient ces routes, elles se trouvent encore parfois bien éloignées des pièces de marine que l'on a à y conduire.

Manuel était un jour ainsi dans la forêt avec ses deux bœufs bien muselés, en société de plusieurs autres voituriers de marine. La pièce qu'il s'agissait d'enlever avait plus de cent pieds de long et mesurait à la tête un mètre d'équarrissage. Un pareil arbre dans toute sa sève représente une formidable pesanteur. Comme le terrain semblait difficile, on avait été obligé de mettre trois paires de bœufs à l'attelage. Dans ce cas, la première place est toujours la plus dangereuse ; cependant Manuel n'avait pas hésité à l'accepter pour lui et pour ses bœufs. Une fois la pièce ébranlée, on comprend aisément qu'il faut lui faire continuer sa marche glissante à grands coups de fouet, si l'on ne veut être obligé de faire halte à chaque pas. Mais courir ainsi d'une seule traite à travers un fourré rempli de ronces, de rochers, de troncs d'arbres et de faux niveaux, est une chose qui rend bien difficile la direction précise de l'attelage. C'est une marche saccadée des plus fatigantes pour les gens et pour les bêtes. Tantôt l'arbre glisse par la seule force de sa pesanteur, et tantôt les efforts opiniâtres de tout l'attelage suffisent à peine à le maintenir en mouvement. Les bœufs, par conséquent, ne savent au juste ni quand ils peuvent ralentir le pas, ni quand ils vont être obligés de concerter tous leurs efforts.

Manuel, lui, cependant, fouettait, fouettait toujours, en marchant à reculons, la main crampée à la corne de son bœuf de droite, le pauvre et vigoureux

Dsaillet. Un moment il interrompit son fouettage et lâcha la corne, pour aller au-devant des explications que semblaient lui donner ses collègues, et que le bruit de la marche l'empêchait de comprendre. Tout à coup, il se retourne et veut ressaisir la corne, mais, hélas ! cette corne avait disparu. Le pauvre Dsaillet, abandonné à lui-même, était allé donner contre un sapin, et sous la vigueur de son élan, la corne avait sauté comme si elle eût été de verre. Et cependant le pauvre animal marchait, marchait toujours, sans s'apercevoir seulement, dans son zèle de travail, que son front commençait à se couvrir de sang et que sa corne venait de rouler sous son pied.

La pièce de sapin une fois sur la route, il ne reste plus qu'à la charger sur la voiture. Nos paysans s'en tirent d'ordinaire avec une habileté remarquable. Un homme seul y suffit parfois, sans autres auxiliaires qu'un cric à manivelle qu'on appelle une *signôle*, une forte chaîne de voiture et une forte perche qu'on appelle une *palanche*.

Pendant que Manuel est ainsi dans les bois, que fait la Jeanne-Antoine ? La pauvre femme, hélas ! mène une vie à peu près pareille à celle que mènerait une poule, à qui l'on n'aurait donné qu'un œuf à couver, et qui, au lieu du poussin qu'elle attendait, en aurait vu sortir un canard... Elle a beau glousser de tout son bec, et gratter de toutes ses pattes sur le bord de la rivière, l'ingrat n'en suit pas moins, en toute tranquillité d'âme, ses instincts de nageur.

La Jeanne-Antoine eût été la plus heureuse des femmes toute sa vie durant, si, en se mariant, elle avait eu la chance de rencontrer dans son mari un homme tant soit peu doué de ses goûts casaniers et travailleurs.

Ce qu'elle aimait, la Jeanne-Antoine, ce n'étaient point les forêts et les sapins, c'étaient ses champs, sa vache et un petit ménage. Les prodiges de fermeté et de résistance qu'elle avait été obligée de faire contre son homme, pour le préserver d'une ruine complète pendant sa vie, étaient incalculables. Bien longtemps elle avait essayé de le ramener au travail régulier de la culture en lui démontrant clair comme le jour que toutes ses prétentions de profit par le voiturage n'étaient que des chimères, et que tout ce qui venait ainsi *de la flûte* s'en retournait *au tambour*... Elle n'avait abouti qu'à se faire traiter de vieille radoteuse. Sitôt qu'il lui fut démontré que tout ce qu'elle pourrait dire n'aboutirait à rien, elle renonça à cette guerre d'offensive, et ne s'appliqua plus qu'à réparer, dans la mesure de ses forces, les maux qu'elle ne pouvait prévenir. Qui sondera jamais quel abîme de douleurs secrètes, une créature simple et résignée comme la Jeanne-Antoine, renferme bien souvent dans son âme?

Si tous les ans la récolte d'un seul de ses champs fournissait à la famille de la graine pour au moins six mois, c'est à elle seule qu'on en était redevable.

Elle seule songeait à ensemencer tous les ans une
petite chenevière, afin d'avoir du chanvre à tiller e
automne et de l'œuvre à filer en hiver. Elle seul
aussi, avec une vache unique, elle trouvait moye
d'avoir toujours une petite somme à toucher à l
fruitière, chaque fois que revenait la pesée du fro
mage. L'engrais que son homme perdait en couran
le monde, elle s'efforçait de le remplacer jusqu'à u
certain point, en allant ramasser soigneusement su
la grande route toutes les bouses de vache et tou
les crottins de chevaux qu'elle apercevait. Hélas
combien d'économies pareilles ne faut-il pas, à l
campagne, pour faire à la ville un millionnaire !

Manuel, pas plus que son père, ne se sentait fai
pour la vie paisible que rêvait la Jeanne-Antoine
seulement, ses raisons à lui étaient un peu diffé
rentes. Le père n'avait guère vu dans le voiturag
qu'un moyen d'avoir toujours un peu d'argent frai
au gousset, afin de remplacer, par le dîner à sa guis
de l'auberge, la soupe à l'oseille et la tranche d
vieux cérat grillé qu'aurait prétendu lui servir s
femme.

Chez Manuel, au contraire, c'était l'exiguïté de c
pauvre intérieur qui lui faisait chercher autre par
un champ d'occupations plus en rapport avec se
forces. Il négligeait le soin de ses petits avoirs parc
qu'il lui semblait toujours que, sitôt qu'il voudrait s'
mettre, il n'en aurait là que pour une bouchée ; e

parce que cela ne lui *progerait* [1] pas plus, disait-il,
qu'une fraise dans la gueule d'un loup. Ajoutons
aussi que la parcimonie sévère et forcée de la Jeanne-
Antoine n'était guère faite non plus pour lui conci-
lier, les sympathies exclusives d'un pareil garçon,
dans tout le bouillonnement de la jeunesse.

Manuel, sans doute, aimait sa mère et le lui prou-
vait quelquefois à sa manière ; mais il lui était
devenu évident aussi qu'à cela seul ne pouvait se
résumer sa vie. Placé à temps au milieu d'une
grande ferme, Manuel n'eût pas manqué de devenir
un excellent cultivateur, car nul mieux que lui ne se
rendait compte des vilains côtés du voiturage, dont
les propriétaires ont si peur, et à bon droit, dans nos
contrées, que tous les baux de fermage l'interdisent
expressément aux fermiers. Mais où trouver cette
ferme, à lui tout seul, avec sa vieille mère? Un paysan
ne peut réellement songer à s'établir que quand il
est marié ; car, réduit à ses seules forces, il ne saurait entendre à tout. De tout cela il résultait que pour
quitter le voiturage, Manuel aurait eu besoin d'une
ferme, et que pour le mettre à même de chercher
quelque part une ferme, il lui fallait préalablement
une femme.

Quant aux échantillons du beau sexe qu'il avait à
sa portée, nous nous rappelons ce qu'en pensait la
Jeanne-Antoine. Nous ne prétendons pas que la brave

[1] Faire effet, quatre pièces de 5 francs *progent* plus qu'une
de 20.

créature fût tout à fait exempte des préventions que les vieilles femmes ont assez souvent contre les jeunes, surtout quand l'idée se dresse devant elles qu'elles pourraient devenir leurs brus; cependant, tout en réduisant à de justes proportions les appréciations de la Jeanne-Antoine, nous ne pouvons affirmer non plus qu'elle se trompât complétement.

Il fallait bien, d'ailleurs, que Manuel fût aussi un peu de son avis, car personne ne se débattait plus énergiquement que lui à l'idée de prendre femme.

Le mécontentement du présent et l'incertitude de l'avenir fermentant dans son âme, en société de ses fougues de vingt-cinq ans, donnaient parfois à sa physionomie quelque chose de fiévreux, d'irrité et de provocateur, quand le tapage d'une godaillerie d'auberge ne venait pas lui servir d'échappatoire.

Ce qui manquait à Manuel, c'était non-seulement une assise selon ses goûts, dans le moment actuel, c'était aussi un but, un stimulant pour le lendemain.

Par l'histoire des bottes qui avaient joué un si grand rôle dans sa vie intime au temps de son enfance, et par le zèle qu'il avait apporté à la poursuite de ce but, on pouvait se faire une idée de ce dont il serait capable à vingt-cinq ans, si une fois il parvenait à s'orienter, à trouver son étoile polaire.

De Villeneuve à Villers-sous-Chalamont, il y a une demi-lieue par le joli sentier sablé de la forêt. Le dimanche de la Saint-Hilaire, le glorieux patron de ce dernier village, Manuel s'était avisé d'aller voir comment s'y passait la fête. Dès le matin, tous les garçons du village étaient au jeu de quilles, avec leurs *fétiers* des communes environnantes, la pipe à la bouche, les pièces de cinq francs à la main et les manches retroussées. Le bruit des quilles attira Manuel, et il alla se camper, les deux mains dans ses goussets, auprès du quiller. Comme on était après dîner, les têtes étaient un peu chaudes, et les boules semblaient avoir les idées aussi confuses que ceux qui les lançaient.

— Ils jouent comme des *gouris* (cochons), se dit Manuel à lui-même, aussi paisiblement que cela était possible avec une voix comme la sienne.

— Eh ! dites donc là-bas ! se mit à crier le réquil-leur ; voilà ce grand brigand de Villeneuve qui dit que vous jouez comme des gouris !

— Tiens ! voilà pour le brigand ! répondit Manuel au réquilleur en lui appliquant un soufflet.

Tous les joueurs, enchantés d'être délivrés de leur ennuyeuse partie par un prétexte honnête, s'é-taient précipités sur les quilles, avec lesquelles ils s'étaient mis à taper aussitôt sur Manuel, comme on tape sur une voiture de fumier qu'on va mener au champ.

Manuel, sans trop s'émouvoir, s'avance à travers cette grêle de coups et d'imprécations, vers un des gros piquets de chêne de la palissade voisine, l'ar-

rache de terre d'un seul effort ; puis se tournant brusquement étend d'un seul coup trois de ses adversaire
sur le carreau.

— Ah ! c'est comme ça que vous vous y prenez
messieurs de Villers ! Neuf contre un ! Attendez ! attendez un peu. C'est moi qui vais vous réquiller... ?
la mode de Villeneuve !

Les six autres assaillants avaient jugé prudent de
jouer des jambes, malgré les cris de vengeance des
trois écloppés qui ramassaient leurs flûtes.

Manuel, l'œil poché et l'habit en lambeaux, attendait tranquillement la suite, appuyé sur sa massue,
au milieu même du jeu de quilles. Aux clameurs des
blessés et des fuyards, toute la population était ac-
courue et commençait à faire cercle autour de lui,
en le menaçant du geste et de la voix, avant de bien
savoir même de quoi il s'agissait.

A ce spectacle, Manuel pensa qu'il était temps de
partir à tout prix. Relevant donc sa massue sur son
épaule, il s'avance résolûment vers la foule dans la
direction de Villeneuve, et se met à crier de toutes
ses forces :

— Gare les têtes!

La foule intimidée s'entr'ouvre et livre passage
à Manuel qui continue sa retraite, sauf à lui faire
payer la frayeur qui vient de la saisir, par une grêle
de pierres et de malédictions, sitôt qu'il est à dis-
tance convenable.

Manuel voulut attendre la nuit dans le bois pour rentrer dans son village. Il se sentait le cœur plein d'une tristesse amère. Il se demandait ce qu'il avait fait à ces gens qu'il connaissait presque tous personnellement, pour être ainsi traité par eux; et à cette question il ne savait que répondre. Un instant il fut sur le point de retourner à Villers pour se venger un peu mieux qu'il ne l'avait fait; puis bientôt reportant sa pensée sur sa mère, il se prouva à lui-même qu'une vieille femme comme elle, était aussi incapable de comprendre ses ennuis, qu'un morceau de vieux drap serait incapable de servir à raccommoder les déchirures de la veste neuve qu'il avait sur le dos. A cette constatation, il se prit à maudire pour la première fois les hommes et la vie. Il s'était assis sur la mousse entre deux sapins contigus qui lui servaient de dossier. Il avait le cœur si lourd qu'il crut un instant qu'il allait pleurer. Mais bientôt la fraîcheur de la forêt eut son influence. Sa fièvre se calma. Ses paupières s'appesantirent. Sa tête s'inclina sur sa poitrine. Ses deux bras retombèrent inertes à ses côtés... Manuel dormait.

Il faisait nuit depuis longtemps quand il se réveilla. Un rayon de lune descendait jusqu'à lui à travers les branches de sapins. Il se leva et reprit le sentier de Villeneuve, en se demandant quelle heure il pouvait être. Une fois hors du bois, il regarda le cadran de sa grosse montre d'argent, et reconnut alors qu'il était minuit.

Le ciel était ouaté de nuages blanchâtres. Il souflait un de ces doux vents d'automne qui font tomber les dernières feuilles. Manuel écouta un instant les mille bruits confus qui semblaient gémir dans les sapins. Tout à coup un chien se fit entendre. C'était le chien de la Grange-des-Narbaux qui aboyait au grelot d'un roulier qui passait sur la route. Manuel arrivait en ce moment au village, par le chemin qui aboutit près de la maison commune. Comme la fenêtre de sa chambre était entr'ouverte, il rentra par là, pour ne point éveiller sa mère ; puis bientôt, le sommeil ne lui revenant pas, il se releva, alla donner à manger à ses bœufs, et, à trois heures du matin, il partit, avec sa voiture chargée seulement de deux brancards et d'un pliant, pour Salins, où l'on était alors en pleines vendanges.

Deux jours après, Manuel, comme nous l'avons vu, sauvait la vie au père Josillon Clairet, dans le chemin de desserte des vignes de Chauvirey.

III

AMOROSO

Le *Cheval-Blanc* est une petite auberge du faubourg de Salins, où dînent presque journellement les voituriers de marine. L'enseigne, formée de deux planches, saillit angulairement sur la rue, en invitant de son mieux les passants d'amont et d'aval à vouloir bien se donner la peine d'entrer. Cette enseigne est surmontée d'un petit cheval blanc qui a l'air de très-bien se porter, et qui, depuis un temps immémorial, s'élance dans les airs sans jamais bouger de place, ce qui est fort heureux pour lui ; car il est évident qu'il n'irait pas loin sans se casser horriblement le nez. La salle à manger du *Cheval-Blanc* est une petite pièce au niveau de la rue. Elle est éclairée par une porte vitrée qui est susceptible, à l'occasion, de s'ouvrir à deux battants. C'est immédiatement au-dessus de cette porte que sont placés l'enseigne angulaire et le petit cheval blanc.

L'intérieur de la pièce a pour tout ameublement des chaises et des tables. Les murs sont tapissés de papier considérablement défraîchi, sur lequel dansent une multitude de bayadères qui partent toutes en lignes obliques du plafond, pour descendre jusqu'au niveau des tables. Là commence une planchette circulaire, que l'on semble avoir chargée, dans le principe, de la préservation du papier, mais qui n'a rien préservé du tout ; car, à plusieurs endroits, on aperçoit le mur à nu, et à la hauteur ordinaire d'un homme assis, ce papier porte une large trace qui ferait croire que les habitués du *Cheval-Blanc* mettent à leur tête beaucoup trop de pommade. Huit lithographies coloriées pendent au mur de droite et de gauche, en se faisant vis-à-vis. D'un côté, c'est le *Printemps*, l'*Été*, l'*Automne* et l'*Hiver*, représentés par quatre donzelles hautes en couleur. Le *Printemps* a des joues comme des pommes d'api. L'*Été* fait jouer son éventail sur des protubérances poitrinales, qui pourraient sans dommage être un peu mieux voilées. L'*Automne* croque un raisin de l'air que devait avoir Ève en mangeant sa pomme, et l'*Hiver*, enfin, a l'air d'avoir horriblement froid, malgré le superbe boa qui lui sert de collier. De l'autre côté, viennent du même front, la *belle Française*, la *belle Anglaise*, la *belle Allemande* et la *belle Portugaise*.

Le fond de la pièce est occupé par un grand vitrage qui la sépare de la cuisine, de telle sorte que tout en fricotant sur ses réchauds, l'hôtesse peut toujours avoir les yeux sur ce qui se passe dans la première pièce. Il en résulte certainement pour les convives de fréquentes bouffées d'air d'une limpidité douteuse, mais aussi cela facilite considérablement le service et cela donne à ceux qui entrent la presque certitude qu'ils seront servis chaud.

Aujourd'hui toutes les tables de la salle à manger sont garnies. Pendant que la Jeanne-Antoine cause à Saint-Maurice, les voituriers de Villeneuve occupent ici en commun la grande table de droite, leur grand chapeau de feutre gris sur l'oreille, la corde du fouet passée en cravate autour du cou, avec le manche ramené entre les cuisses, et la roulière bleue d'ordonnance. Manuel est à un bout de la table. Il a l'air plus triste et plus bourru que jamais. Il ne répond que par des monosyllabes aux questions qu'on lui adresse. Il semble avoir ses pensées ailleurs.

A l'autre bout de la table est assis Coulas-Bousson. C'est un petit trapu, à larges épaules, qui paraît très-sûr de lui-même, et qui tortille de temps en temps sa moustache d'un air de satisfaction. Tous les convives ont les deux coudes bien appuyés sur la table, et font le gros dos en se repliant sur leur assiette, d'une certaine façon qui n'appartient qu'à eux. La table est déjà encombrée de bel et bien de bouteilles qui doivent être vides, si l'on en juge par l'animation des figures et par les marbrures rougeâtres dont est ouvragée la nappe. Tous les regards se retournent vers Coulas, qui est d'habitude le bel esprit de la bande, et qui a déjà bien des fois promis à ses confrères en voiturage, de leur bâcler une chanson faite tout exprès pour eux. Coulas a annoncé ce matin qu'il avait son affaire en poche, et les voituriers de Villeneuve ne le perdent plus de vue, impatients qu'ils sont de prendre chacun pour soi une part de son triomphe, qui va faire taper d'envie, à ce qu'ils prétendent, les voituriers des communes voisines.

— Allons, Coulas ! Hardi !

— Tout à l'heure. Quand chacun aura fini de manger et que madame Martin pourra quitter sa cuisine.

— Madame Martin, venez donc vite ! V'là Coulas qui en va chanter une comme vous n'en avez encore point entendu. On n'attend plus que vous !

— Chantez toujours, j'entendrai bien d'ici !

— Non, non, pas de çà ! Il faut que vous soyez ici. Un peu de silence, voyons donc, vous autres ! V'là Coulas qui va commencer ! Venez donc vite, madame Martin !

— Je vais, je vais, chantez toujours !

— Non, non, il faut absolument que vous soyez là !

— Maudits soulards, va ! Il n'y a pas moyen de faire sa besogne tant qu'ils sont là.

Madame Martin arrive, en assujettissant un des coins de son tablier de cuisine sous son bras, à la hauteur de la ceinture, afin d'en dissimuler un peu l'état de propreté. C'est une forte matrone à riche devanture et au bonnet de dentelle passablement enfumé, dont elle rejette en arrière les mentonnières de manière à laisser voir, pendant à ses oreilles, deux boucles d'or aussi larges que des roues de voitures. Elle se plante les deux poings sur ses fortes hanches et s'apprête à écouter, d'un air moitié naïf et moitié furieux.

— Madame Martin, faut d'abord boire un coup à la santé du chanteur.

— Vous boirez après. Dépêchez-vous, ou je retourne à ma besogne.

— Et la Jeannette ! Est-ce qu'elle ne vient pas écouter aussi, la Jeannette ? Jeannette, venez donc vite, on n'attend plus que vous.

— On y va, on y va !

La Jeannette vient s'appuyer discrètement contre la porte de la cuisine, en essuyant à son tablier ses mains rouges qui fument encore, comme pour prouver qu'elles ne sortent pas de l'eau froide.

— Allons, maintenant, hardi, Coulas !

Coulas se lève d'un air sérieux, toussotte deux ou trois coups en mettant délicatement ses doigts devant sa bouche, promène lentement ses regards sur toute l'assistance et dit :

— Messieurs, mesdames ! je vais donc avoir l'honneur de vous chanter pour la première fois la chanson des *Voituriers de marine*. Il faut d'abord vous dire que cette chanson se chante sur un air connu. C'est sur l'air :

> Quand nous fûm's arrivés
> Sur la plac' de Quingey...

Si vous le permettez, je commencerai par vous chanter le premier couplet de cette chanson-là. Ça nous donnera le ton, et ensuite nous passerons à la nôtre.

— Oui, oui! Il a raison, c'est cela ! Vive Coulas!

— Silence, là-bas !

— Ainsi donc, voici comme ça va :

> Quand nous fûm's arrivés
> Sur la plac' de Quingey,
> On nous a fait former
> Le bataillon carré...
> Nous étions tous de beaux jeun' hommes
> De vingt et un ans,
> Qui s'en vont à la guerre
> Tambour battant,
> Drapeau volant.

Dès les premiers mots du couplet, toute l'assistance, qui connaît la chanson *comme sa poche*, s'est mise à chanter.

— Eh bien donc ! silence, maintenant, ou je me tais !

— Non, non, nous y voilà ! Silence ! Allons ! hardi, Coulas !

— Ainsi donc, messieurs, vous avez bien compris?

— Oui, oui !

— Alors, nous allons passer à la chanson des *Voituriers de marine.*

— Chanson des voituriers de marine. Premier couplet :

> Tant que dans l' grand Jura
> Des sapins il y aura,
> Nous viendrons au *Ch'val-Blanc*
> Dîner pour notre argent...
> Qu'il pleuv', qu'il grêl', qu'il vent', qu'il tonne.
> Avec nos grands bœufs,
> Nous sommes sur la route
> Soir et matin,
> Le fouet en main !

— Bravo, bravo ! Vive Coulas ! A boire, madame Martin ! Hein ! comment trouvez-vous ça ! A la santé de Coulas !

— Silence !

— Chut ! chut ! fermez la porte !

— Deuxième couplet :

> D' la soupe et du bouilli,
> Du lard et du rôti,
> Du poulet, du jambon,
> Pour nous n'y a rien d' trop bon !

— Bravo !

— Chut ! chut !

Servez-nous vite, madam' l'auberge.
D' votre bon vin vieux ;
Puis viendra la d'mi-tasse
De bon café
Et l' pouss'-café :

— Bravo ! bravissimo ! Ah ! ce tonnerre de Coulas, va ! Où diable est-ce qu'il va pourtant chercher
tout ça ?

— Chut ! chut !

— Fermez la porte !

— Ne laissez entrer personne !

— Silence donc, là-bas !

— Chanson des voituriers de marine. Quatrième
couplet, dit Coulas.

Quand nous somm's en chemin
Pour venir à Salins,
Nous prenons en pitié
Les pauvres labouriers...
Des routes toujours la marine
Tient le beau milieu,
Et d'un roi le carrosse
Ne la ferait pas !
Bouger d'un pas !

— Bravo ! vive Coulas ! *I n'y en o point quement
lu'* ! Vive la chanson de la marine ! Hein ! Jeannette ! comment la trouvez-vous marinée celle-là !

— Silence ! silence !

— Chut !

_____

[1] Il n'y en a point comme lui.

— Quatrième couplet.

> Quand le marchand de bois
> Nous paie ce qu'il nous doit,
> Avant de remonter
> On pense à sa beauté.
> Parlez-moi pour aller *en blonde*[1]
> D'avoir l' gousset plein,
> Et de faire à sa Rosalie
> Tout aussitôt
> Un p'tit cadeau !

— Bravo ! vive Coulas ! vive la Rosalie ! vive madame Martin ! A boire, madame l'auberge! Allons ! Jeannette, de votre bon vin vieux. Coulas ! il faut boire ! Vive la Rosalie !

— Silence, gueulards !

— Fermez la porte ! Silence !

— Chut ! chut ! ce n'est pas fini ! Il y a encore un couplet !

— Silence !

— Chanson des voituriers de marine, cinquième et dernier couplet.

— Ah !... voyons un peu le dernier !

— Silence donc, qu'on vous dit !

> Qui est-c' qui a fait cett' chanson ?
> C'est Coulas d' chez Bousson,
> Qui gagne très-bien son pain
> A mener des rondins !....

[1] Voir sa belle.

Celui qui l'a faite est d'Villeneuve,
       De Vill'neuv' d'Amont...
Qu' ceux qui ne la trouvent pas belle
         Essaient seul'ment
         D'en faire autant !

Le couplet de Coulas est à peine achevé que la surexcitation de toute l'assemblée n'a plus de bornes. Les plus proches voisins de Coulas, ne trouvant plus d'autre moyen de lui exprimer dignement leur enthousiasme, ont pris le parti de lui sauter au cou. Le pauvre Coulas a ainsi des bras croisés jusque par-dessus la tête. On dirait un collégien trente-six fois couronné à la distribution des prix. Cependant comme tout le monde ne peut participer à ces étreintes, l'idée vient enfin à ceux qui sont en arrière de faire lâcher prise aux privilégiés, en réclamant la priorité des embrassades pour le beau sexe, en la personne de madame Martin.

Madame Martin, pressentant sans doute que le nom de son auberge va voler à la postérité sur les ailes de la chanson de Coulas, ne demande pas mieux que de lui en prouver aussi sa reconnaissance et étend déjà les bras pour le recevoir dans son giron.

Coulas, venu à bout de se dégager, croyait pouvoir enfin respirer à l'aise, quand tout à coup il se sent replongé dans les grassouillettes embrassades de la digne hôtesse.

Au spectacle de ce groupe charmant du poëte et de la beauté, une nouvelle tempête de bravos et

de trépignements part de tous les coins de la chambre. Les tables, les chaises et les bouteilles se met-
ent de la partie. Les bayadères de la tapisserie et
les huit donzelles lithographiées semblent regarder
avec stupeur, et avoir envie elles-mêmes de se boucher les oreilles au milieu de cet affreux vacarme.

— Vive Coulas Bousson !

— Vive madame Martin !

— Encore une fois la chanson, Coulas !

— Non, non ! Pas ici !

— Si, si ! Coulas ! Voyons, Coulas, hardi !

— Jeannette, va-t'en chercher quatre bouteilles
de bouché, pour arroser la chanson de Coulas ; c'est
moi qui régale.

— Vive madame Martin ! Vive Coulas ! Vive la
Jeannette !

— Allons, messieurs, tendez vos verres !

Manuel a écouté la chanson en chapelotant avec
son couteau une couenne de fromage resté sur son
assiette, en faisant une mine à moitié triste et à
moitié souriante. Il sourit parce que c'est la première
fois qu'il s'aperçoit que sa terrible profession de voiturier peut être ainsi chansonnée, et il est triste
parce qu'il ne peut cependant oublier combien de
souffrances réelles sont tout de même cachées sous
l'hilarité tumultueuse de ses confrères. Jamais la vie
de voiturier ne s'est offerte à lui sous un côté si
crâne, et jamais, cependant, il n'en a si bien analy-

sé, à part lui, toutes les misères. Tout à coup il se
lève et disparaît par la porte de la cuisine, sans que
personne s'en aperçoive.

La chanson de Coulas a, du reste, obtenu un succès
si unanime que la salle du *Cheval-Blanc* est devenue trop petite, et qu'on finit par hisser de force le
chanteur sur les épaules des deux plus vaillants,
pour le porter en triomphe au *Café du Nord*, de
l'autre côté de la rue, où l'on doit prendre le café.
Là, on renverse une table, les pieds en l'air, sur le
billard. On installe Coulas sur cette table renversée
et on le force à recommencer, devant un auditoire dé-
cuplé, son chant que tous les premiers auditeurs savent déjà presque par cœur.

Au moment où cette marche triomphale traverse la
rue, la Jeanne-Antoine, qui vient de quitter Josillon, arrive tout étonnée vis-à-vis la boutique du fripier de Manuel.

Sitôt que la Fifine a pris congé de son père et de
la Jeanne-Antoine, elle revient près de la fenêtre,
flaire un instant les résédas de sa plate-bande, prend
la branche de lilas qui est toujours dans le pot de
fleurs sur la table, et se la promène deux ou trois
fois sous le nez avant de se rasseoir, en regardant
vaguement au loin les vignes du château de Rans,
où quelque chose de bleu semble attirer ses regards.
Sans se rendre bien compte ni de ce qui se passe
en elle, ni de ce qu'elle aperçoit dans les vignes,

elle se met à reprendre machinalement sa chanson interrompue ce matin par l'arrivée de la Jeanne-Antoine, juste au couplet où elle en est restée :

Ça, dit la troisième,
Vole, mon cœur, vole !
Ça, dit la troisième,
C'est mon ami doux....
C'est mon ami doux,
Tout doux et iou !
C'est mon ami doux.

Il va-t-à la guerre,
Vole, mon cœur, vole !
Il va-t-à la guerre,
Combattre pour nous ;
Combattre pour nous,
Tout doux et iou !
Combattre pour nous !

S'il gagne bataille,
Vole, mon cœur, vole !
S'il gagne bataille,
Il aura mes amours....
Il aura mes amours.
Tout doux et iou !
Il aura mes amours !

Qu'il gagne ou non gagne,
Vole, mon cœur vole !
Qu'il gagne ou non gagne,
Il les aura toujours...
Il les aura toujours,
Tout doux et iou!
Il les aura toujours !

Tout en chantant, la Fifine s'est assise et a repris sa couture; cependant elle ne peut s'empêcher de jeter par moment un coup d'œil à la dérobée du côté des vignes du château de Rans, sur cet étrange point bleu qui exerce sur elle une espèce de fascination. Plus de cent fois déjà elle a ainsi chanté à cette fenêtre les couplets qu'elle vient de répéter aujourd'hui, et cependant il lui semble ne jamais les avoir aussi bien chantés. Elle se sent émue, et ne sait à quoi attribuer cette étrange émotion qui l'envahit. C'est à peine si elle ose se regarder dans les vitres miroitantes de la fenêtre ouverte qui lui faisait face, tant il lui semble que cette maudite chanson, si inoffensive en apparence, a fait monter de couleurs à ses joues et d'animation à ses yeux noirs. Elle repasse dans son souvenir toutes les paroles échangées depuis le matin entre son père, la Jeannette-Antoine et elle. Il lui semble voir la Jeanne-Antoine descendre le mont de Cernans, montée avec son panier de beurre sur une pièce de marine; puis les œufs, puis la soupe, puis son père rentrant tout à coup avec son manche de pioche, puis ses imprécations, à elle, contre les voituriers de marine, puis les lamentations de la Jeanne-Antoine suivies de l'énumération de ses richesses, puis les théories de la bonne femme contre le mariage de son fils, et les raisons par lesquelles elle a démontré ensuite, elle Fifine, quelle sottise elle ferait de se marier. Tout cela sont autant de choses nettes, raisonnables et

positives. Comment donc cela peut-il la mettre, elle
si gaie, si ferme et si rieuse, dans un pareil état ?

Pendant tout un quart d'heure, elle s'impose à
elle-même l'obligation de ne plus regarder du côté
des vignes du château de Rans. Elle a commencé ce
quart d'heure à l'instant où l'horloge de Saint-Maurice sonnait les trois heures moins un quart. Plus de
dix fois pendant ce quart d'heure elle est tentée de
rompre la consigne qu'elle s'est donnée ainsi à elle-
même ; mais elle lutte, elle résiste à la tentation
avec toute son énergie de Fifine Clairet. Ce quart
d'heure lui semble une éternité. A bout de ses forces,
haletante et rendue, elle entend enfin le marteau de
l'horloge sonner sur les petits carillons les quarts
qui précèdent la sonnerie des heures. Voilà les trois
heures arrivées. La Fifine a tenu bon. Elle a gagné
avec elle-même son pari. Ses yeux se retournent
alors avidement vers le château de Rans sans plus de
scrupule...

Le point bleu a disparu ; mais, au bas de la vigne, elle voit descendre un homme qui semble avoir
ramené sur sa tête sa blouse bleue de voiturier.

Pendant ce temps-là, Josillon, enchanté de son
manche neuf, achève à tour de bras le labourage
de sa vigne de Saint-Nicolas. Tout à coup, à l'instant
où sa pioche levée de toute la hauteur de ses bras
allait retomber à terre, une grande forme bleue ap-
paraît au coin du mur de sa vigne, et la pioche re-

tombe presque inerte sur le sol. Josillon reste un instant en observation et arrive à se rendre bientôt à peu près compte de ce dont il s'agit.

— Tiens ! c'est toi, Manuel !... Que diable est-ce que tu fais donc par là ? Est-ce que tu te crois encore à carnaval, dis donc ?

— Bonjour, Josillon, répond sèchement la blouse.

Et elle continue sa course à travers les vignes.

Josillon reste longtemps debout à la regarder aller.

— Mais, est-ce qu'il devient fou, dit-il enfin en reprenant sa besogne qu'il interrompt toutefois à chaque instant, pour regarder dans la direction de Bracon, par où la blouse a disparu.

Le soir, tout en rentrant, Josillon s'écrie :

— Ah çà ! dis donc Fifine, est-ce que le grand Manuel a décidément perdu la tête, ou bien si c'est qu'il va peut-être *en blonde* à la Grange-Salgret, que je viens de le voir courir à travers les vignes d'un air de Jacques Melin ?

— Le grand Manuel ? Je ne sais pas..., répond la Fifine avec embarras et à moitié suffoquée par cette idée de son père, que Manuel pouvait aller *en blonde* à la Grange-Salgret.

— Pardié! oui, le grand Manuel. Je suis bien sûr que c'est lui, puisqu'il m'a répondu en continuant sa course. J'étais là bien tranquillement à ma besogne, quand tout à coup je vois arriver une grande machine bleue qui courait bien comme un diable. Je ne savais

réellement pas si c'était un fantôme ou un revenant.
Je m'arrête pour voir de quoi ça allait tourner ; lui
s'arrête justement aussi. Je vois alors un homme
qui avait ramené sa roulière par-dessus sa tête, et
qui regardait par le trou rond de l'encolure, comme
par une fenêtre. Je t'assure que j'ai cru que c'était
Jacques Melin. Pour lors, le voilà donc qui s'arrête ;
le voilà qui enfile sa tête par le trou et ses bras dans
les manches, et qu'est-ce que je reconnais ? Le grand
Manuel !...

— Ah bah ! vous aurez peut-être mal vu.

— Mais quand je te dis que je l'ai recrié et qu'il
m'a répondu. Fichtre ! Je n'ai pourtant pas la berlue !

— Alors, je n'y comprends rien.

— Ni moi non plus ; mais n'importe ! Tout cela me
paraît bien singulier. Et la soupe est-elle chaude ?

— Oui, père, la voilà qui trempe.

C'était effectivement Manuel. Ce n'est pas aujour-
d'hui la première fois qu'il vient contempler ainsi de
loin la fenêtre de la Fifine. Toutes les fois qu'il l'a
pu, depuis le mois d'octobre dernier, il est venu passer là quelques instants, dans la même fosse de vigne, et en se servant du même procédé pour n'être
pas reconnu. Ç'a été pour lui toute une révélation
que la première rencontre de cette jeune fille. Quand,
au retour de la vigne de Chauvirey, avec la bosse de
vendange, il s'était vu l'objet des actions de grâces
de la Fifine et de son père, une espèce de nuage lui

avait semblé passer tout à coup devant ses yeux, en même temps qu'un délicieux frisson s'était mis à courir dans toutes ses veines.

Il n'avait alors rien trouvé à répondre, c'est vrai, aux éloges du père et de la fille, mais il s'était abandonné au charme de les entendre, comme on s'abandonne au charme d'une douce musique. Jamais il n'avait senti comme en ce moment le prix de sa force musculaire. Si on lui eût dit d'emporter ce jour-là dans sa poche le clocher de Saint-Maurice, il n'est pas bien sûr qu'il n'eût pas aussitôt craché dans ses mains, comme un homme qui va se mettre à l'œuvre. Cette voix claire, ces yeux noirs, cette mine avenante et mutine de la jeune fille; la propreté de ce petit ménage; l'air de cordiale gaîté qui semblait y sourire de tous les coins de la chambre, tout cela, Manuel l'avait contemplé sans la moindre gêne, sans le moindre embarras, pendant une heure, grâce au nuage dans lequel il se croyait réellement enveloppé.

Mais, hélas! une fois dehors, le charme avait été bien vite rompu. De retour auprès de ses bœufs qu'il avait laissés manger au bout de leur botte de foin, derrière la tille de Saint-Maurice, le pauvre Manuel, tout à l'heure aux anges, s'était retrouvé brusquement voiturier de Villeneuve comme auparavant. Son bœuf Dsaillet le regardait, tout en mâchant sa bouchée et en remuant la queue, d'un air narquois qui semblait lui dire :

— Ha! ha! Manuel, tu croyais qu'il n'y avait qu'à !... Allons, allons, mon cher, reprends vite, avec moi et mon gros bourru de collègue qui mange là sans dire le mot, reprends vite ton vieux collier de misère. Nous autres, vois-tu, nous sommes faits pour nous escrimer dans les forêts et sur les grandes routes, après les bois de marine, et non pas pour venir ici faire les yeux doux aux filles de Saint-Maurice. Regarde plutôt tes mains, Manuel, regarde tes pieds et tes épaules, et tu reconnaîtras vite que tu n'es décidément pas du bois dont on fait les amoureux. Prends exemple sur nous, mon cher. Résigne-toi à la vie qui t'est faite. Parbleu! te voilà bien malade; je te conseille de te plaindre, ma foi! Mais que dirais-tu donc si, au lieu d'avoir le fouet à la main, tu étais obligé de *l'esquinter*, comme nous à la limonière? Qu'il y ait des gens plus heureux que toi par le monde, c'est possible; mais la véritable sagesse consiste à regarder toujours ceux qui souffrent encore plus que nous. Il n'y a rien de tel pour fermer la bouche à un homme et à un bœuf qui ont envie de se plaindre. Tu nous fouailles bien parfois un peu plus que nous ne le méritons, c'est vrai; mais nous en voyons d'autres que l'on rosse encore bien autrement que nous, et presque toujours avec le manche, ce qui ne t'arrive à toi que dans les cas extrêmes. Voilà ce que nous nous disons pour nous redonner du cœur quand nous le sentons près de défaillir. Fais comme nous, mon pauvre Manuel, tu verras que tu ne t'en trouveras pas trop mal.

Voilà à peu près ce que disent les regards de Dsaillet, ou plutôt voilà ce que Manuel, en le contemplant tristement, s'imagine y lire. Tout cela lui semble si net, si clair, si bien raisonné, qu'il baisse la tête, remet les bœufs à la limonière, et s'en va, en cherchant quelque chose à répliquer à tous ces longs propos. Mais les idées ne lui viennent pas toujours très-vite, à Manuel. Voilà bientôt sept mois qu'il cherche et il n'a encore rien trouvé de plus ingénieux que d'envoyer de temps en temps sa mère chez Josillon, sans avoir osé s'y présenter luimême.

De tout ce qui se passe en lui, la Jeanne-Antoine ne sait pas le moindre mot, cela va sans dire ; seulement il est bien aise de savoir qu'elle y va, qu'elle y est, qu'elle y est allée. Il lui semble que c'est toujours un petit lien quelconque entre lui et cet heureux ménage ; d'autant mieux que chaque fois il a soin de faire babiller la Jeanne-Antoine sur tout ce qui s'y passe.

Sans doute, il devrait être plus osé, on le sait bien ; peut-être que s'il osait, il ne s'en trouverait pas trop mal ; car, après tout, c'est une bonne fille que la Fifine, et il ne faut pas prendre au pied de la lettre ses anathèmes contre le mariage. Il faut bien que les jeunes filles disent comme cela, car autrement de quoi auraient-elles l'air ? Mais Manuel, qui

sent parfaitement ses vilains côtés, sent aussi sa
véritable valeur. Il veut bien oser, oui, mais seulement quand il se croira à peu près sûr de réussir ;
car il est trop fier pour supplier, trop gauche pour
faire la cour autrement qu'en tordant le coin du tablier, et il ne veut pas traiter la Fifine comme une
fille du village, pas plus que s'exposer lui-même à
un refus.

Et d'ailleurs la Fifine une fois à lui, ce serait beaucoup sans doute, mais enfin ce ne serait pas tout.
Que deviendrait alors la Jeanne-Antoine et les champs
de Villeneuve ?

A supposer même qu'il se *mariât gendre*, en
quoi pourrait-il seconder Josillon, puisqu'il ne sait
pas travailler à la vigne, et, certes, on ne devient
pas tout à fait vigneron du jour au lendemain. D'un
autre côté, la Fifine ne peut réellement pas aller à
Villeneuve, parce qu'alors il lui faudrait renoncer à
un gagne-pain qui n'est jamais de trop dans un ménage. D'ailleurs, elle ne pourrait pas s'y voir,
même en peinture, à Villeneuve ; c'est très-probable.

On voit donc bien que les choses ne sont cependant pas encore aussi simples qu'elles le semblent au
premier abord, et que Manuel a bien matière à ré-
fléchir.

Et puis, avec tout cela, pour dire le fin mot, ce
qui maintenant ôte surtout à Manuel toute confiance
en son étoile ; ce qui le fait douter si souvent des
autres et de lui ; ce qui le tient en défiance, même

contre cette perspective de bonheur, dont il semble qu'il devrait être si sûr, une fois qu'il aurait obtenu la Fifine pour en faire sa femme ; eh bien, oui, c'est le souvenir de ses bottes. Oui, ces bottes, obtenues autrefois au moyen de chances favorables si compliquées, et d'efforts personnels si opiniâtres, à quoi çà lui avait-il servi ? A lui martyriser les cuisses et les talons.

Aujourd'hui, pour Manuel, il ne s'agit plus de bottes ; il s'agit d'une femme.

— Si ces bottes qui devaient m'être si funestes, m'ont coûté si cher, se dit-il très-sensément, à quel prix faudra-t-il donc que j'achète une femme pour qu'elle me soit avantageuse ?

Raisonnement à *fortiori* d'une justesse incontestable, car, après tout, des bottes funestes, rien n'empêche de les jeter, comme il l'a fait, dans les rochers de Creux-Lague, tandis qu'une femme, une fois qu'on l'a, il faut la garder, il n'y a pas à dire; et quand on ne l'a pas encore ! Enfin voilà.

Après avoir inutilement cherché Manuel dans la bagarre du *Cheval-Blanc* et du *Café du Nord*, la Jeanne-Antoine prend le parti d'aller l'attendre auprès de ses bœufs sur le chantier du Plan-des-Carmes. Pendant que leurs maîtres se gaudissent à l'auberge, tous ces pauvres bœufs des voituriers de marine sont là à patienter, en ruminant, attachés à leur voiture, la maigre botte de foin qui leur a servi de dîner.

Le Plan-des-Carmes est une prairie à la sortie du faubourg, que la ville amodie aux marchands de bois, et qui sert d'entrepôt aux sapins des montagnes, jusqu'à ce que les voituriers des pays bas, c'est-à-dire de Chamblay et villages voisins, viennent les chercher pour en faire des radeaux sur la Loue qui les transmet au Doubs, à Parcey, près de Dôle, lequel Doubs les repasse à la Saône qui les descend à Lyon, d'où le Rhône les emporte d'une seule volée jusqu'à Beaucaire, Marseille et autres grands centres commerciaux du Midi.

Des forêts où l'on coupe nos sapins, jusqu'à la rivière sur laquelle on les embarque, ce sont donc à peu près exclusivement les bœufs qui servent d'intermédiaires, bien que ce ne soit cependant guère là le rôle pour lequel semblent faites ces pauvres bêtes.

Il y a des gens qui aiment les chevaux, d'autres les chiens, d'autres les chats, d'autres les ânes.

Combien y en a-t-il qui portent aux bœufs un intérêt analogue?

Le bœuf n'a ni le coûteux éclat du cheval, ni la servilité du chien, ni l'indolence du chat, ni la maussaderie de l'âne et cependant le bœuf est sobre et robuste comme l'âne, songeur comme le chat, sympathique comme le chien et fort comme le cheval.

Le bœuf a des colères, oui ; mais des colères à lui, et non pour le compte de ses maîtres, comme la plupart de celles du chien et du cheval.

La force du bœuf est une force lente, mais tenace comme toutes les forces véritables. Il travaille pour l'homme toute sa vie durant, et ne meurt que pour le sustenter encore de toutes les parties de sa dépouille ; mais il est si préoccupé de sa dignité personnelle, que jamais il ne s'enquiert même de la reconnaissance de l'homme.

La forme du bœuf n'est pas de celles qu'on a l'habitude de réputer élégantes, mais la véritable élégance est une de ces choses à l'égard desquelles les opinions peuvent varier à l'infini, témoin les différences de costumes des peuples et les transformations permanentes du journal des modes.

En attendant donc qu'on fournisse de l'élégance une définition meilleure, ne peut-on pas se contenter de l'appeler le parfait rapport des choses avec leur destination, et partant de là, reconnaître qu'il n'est pas d'animal qui réponde mieux que le bœuf à ce programme ?

Le bœuf est l'animal cultivateur par excellence.

Le cheval, au contraire, s'alourdit à la culture. Il y perd ses formes et sa souplesse, parce qu'il est fait pour parader et pour courir, beaucoup plus que pour tirer.

Contemplez un bœuf au milieu d'une prairie. Tout en lui s'harmonise alors de la manière la plus saisissante avec ce qui l'entoure. Sa modeste couleur rousse ressort tout aussi bien sur le tapis vert des pelouses que sur le fond bleu du firmament. Son

large pied semble ménager les herbes en les foulant.
Ses gros yeux doux et bonasses semblent embrasser
à la fois tous les horizons, comme ses larges naseaux
aspirent à la fois tous les vents du ciel. La dignité
de sa tenue, le bœuf ne la perd ni quand il se repose,
ni quand il travaille. Le cheval couché est ridicule ;
aussi y a-t-il beaucoup de chevaux qui ne se cou-
chent jamais.

Un cheval ruiné s'appelle une vieille rosse. Sa tête
et ses flancs se décharnent, ses oreilles s'allongent
lamentablement. Sa crinière s'éraille. Sa queue ne
ressemble plus qu'à un vieux balai. On dirait une
vieille coquette dépossédée de sa perruque, de son
râtelier et de sa tournure en crinoline.

Le bœuf, au contraire, peut tomber dans tel état
de misère que l'on voudra, son genre de majesté à
lui est tellement identifié avec le fait même de son
existence, qu'il défie le ridicule. On peut le plaindre
alors, mais s'en moquer, jamais !

L'industrie moderne, qui est une pierre de touche
en valant bien une autre, tend à diminuer l'importance du cheval en même temps que celle du sabre.

Du cheval au chevalier il n'y a en effet que l'épais-
seur de la selle. Le mythe du Centaure la supprime
même complétement, pour ne faire de l'homme et de
cheval qu'une seule et même bête.

Les mythes ont quelquefois du bon.

La véritable place du cheval à l'état de nature est
entre les cuisses d'un Arabe ou d'un Cosaque. A

l'état civilisé, le suprême honneur se résume pour
lui à devenir une haridelle du Jockey-Club.

Vitesse pour vitesse, mieux vaut encore celle de la
locomotive.

Le luxe de toute espèce a sans doute son prix,
seulement il serait peut-être sage de le subordonner
un peu à l'indispensable.

Les anciens Egyptiens adoraient le bœuf Apis.
Serait-ce par hasard pour cela que l'Egypte a été le
berceau de l'intelligence humaine?

Le bœuf nous semble, à nous, digne du plus haut
intérêt, de même que tous les êtres modestes qui ne
vivent que pour être utiles, sans jamais demander
quand leur tour viendra d'avoir le prix Monthyon ou
la croix d'honneur.

Dès que Dsaillet voit arriver la Jeanne-Antoine,
il se met à mugir à demi-voix en signe de satisfaction. Le pauvre bœuf, qui s'opiniâtre à rester sur ses
jambes, tandis que son confrère a jugé bon de se
coucher, est obligé de tordre la tête au gré de la rigi-
dité du joug, ce qui donne encore à sa physionomie
quelque chose de plus touchant qu'à l'ordinaire. La
Jeanne-Antoine fait relever le paresseux, puis elle
ramasse les débris de foin qui sont tombés sous la
voiture, pour en faire une dernière bouchée à ses
bêtes; après quoi, elle s'assied sur le haut de la
limonière, et se met à regarder autour d'elle d'un air
pensif.

Devant elle se dressent, dans le ciel bleu, les grandes murailles jaunes du fort Belin, qu'à cette heure du jour le soleil enveloppe encore de toutes parts. Un peu plus bas viennent les vignes de Pré-Moureaux qui commencent à verdoyer. Puis ce sont les jardins du faubourg, dont les arbres en fleurs laissent emporter par la brise leurs exhalaisons suaves et leurs doux chants d'oiseaux. Les pelouses du chantier sont partout étoilées de petites marguerites et de pissenlits. De l'autre côté de la route, un essaim d'enfants s'ébat au soleil et savoure avec ivresse les délices du printemps.

Deux couples de jolies fillettes en robes roses qui ne leur descendent que jusqu'aux genoux, et en chapeaux de paille qu'elles laissent pendre en arrière, pour être plus libres de leurs allures, se tiennent par la main vis-à-vis l'une de l'autre. Le premier s'avance à la rencontre de l'autre couple, en sautant sur la pointe des pieds et en chantant à perdre haleine :

> Combien vendez-vous vos oignons,
> De la main de la marjolaine ?

puis, il se retourne et revient à son point de départ en continuant :

> Combien vendez-vous vos oignons,
> De la main de la marjolon ? .

Alors part à son tour, avec le même entrain, la

même verve et le même bonheur, le second couple
qui répond :

> Nous les vendons six sous six liards,
> De la main de la marjolaine ;
> Nous les vendons six sous six liards.
> De la main de la marjolon ;

A quoi les premières répliquent aussitôt :

> Nous les trouvons beaucoup trop chers.
> De la main de la marjolaine ;
> Nous les trouvons beaucoup trop chers.
> De la main de la marjolon.

Et les sauts continuent ainsi jusqu'à ce qu'on
tombe de fatigue, jusqu'à ce qu'on ne puisse plus
souffler, jusqu'à ce que la sueur coule en cascade de
tous ces fronts roses à chevelures bouclées.

Devant les maisons, les vieilles femmes causent en
tricotant leur bas, et en reniflant leurs prises de
tabac. Les matelassières cardent leur crin, ou enca-
drent leurs étoffes pour monter une couverture pi-
quée. L'enfance, la vieillesse, le travail, les fleurs,
les prairies et les oiseaux, tout semble aujourd'hui
d'accord pour profiter de ce beau temps.

La Jeanne-Antoine se sent remuée jusqu'au fond
de l'âme. Elle repasse dans sa tête cet examen ré-
trospectif de sa vie qu'elle a fait chez Josillon sans
s'y attendre, et voilà que tout à coup, elle, d'ordinaire
si calme et si résignée, elle se prend à envier le
bonheur des gens de Salins. Quatre heures se

mettent à sonner à l'église des Carmes. Manuel ne revient toujours pas. Comme pour échapper aux pensées pénibles qui la gagnent, la Jeanne-Antoine charge le commis du chantier de dire à Manuel qu'elle est partie, puis elle remet effectivement les bœufs à la voiture, s'installe de son mieux à l'arrière dans un nid que forment les chaînes et les pliants, et laisse les bœufs suivre à leur gré cette route de Villeneuve qu'ils savent, dit-elle, comme leur *Pater*.

Manuel, tout capot d'avoir été surpris par Josillon en flagrant délit de mascarade, a été obligé de s'arrêter un instant derrière les haies de Bracon, pour se remettre de son trouble. Il sait que ni Josillon, ni la Fifine ne sont bien sympathiques aux voituriers de marine, et jamais il n'a si nettement compris qu'aujourd'hui combien cette vie tumultueuse doit déplaire à des gens tranquilles comme eux. Cette pensée l'obsède d'une horrible façon, et il fait des efforts inouïs pour la chasser, quand tout à coup, en rentrant au faubourg par le pont du Moulin-Patouillet, il entend un gamin qui tape à grands coups de bâton sur un cercle intérieurement garni de petits morceaux de fer-blanc, tout en braillant :

> De la soupe et du bouilli.
> Du lard et du rôti...

de la chanson de Coulas. C'est bien probablement tout ce qu'il a saisi au passage ; mais il le répète si impitoyablement, en faisant résonner les petits morceaux de fer-blanc de son cercle, que Manuel croit entendre la trompette du jugement dernier lui rappelant ce qu'il est et ce qu'il voudrait tant ne plus être. Peu à peu tous les autres voituriers ont repris le chemin de leur village, et le *Cheval-Blanc est* redevenu tranquille. Manuel, ne retrouvant plus ses bœufs où il les a laissés, se dit à lui-même que c'est la Jeanne-Antoine qui les a emmenés, et continue sa route à pied. En approchant de Bleigny, il aperçoit Jacques Melin qui danse au milieu de la route, tantôt en plein soleil, et tantôt perdu dans l'ombre des grands peupliers du Moulin.

Jacques Melin est un pauvre fou que tout le monde connaît à plusieurs lieues à la ronde, dans les environs de Salins. C'est un fort bel homme de quarante-cinq ans, à figure superbe quoique noyée dans une barbe et une chevelure en broussailles, et qui vit de l'amour de Dieu, comme les oiseaux du ciel. Jacques Melin a pour spécialité de porter des chapeaux sans fond, des culottes idem, des vestes sans manches et des bottes sans semelles. Comme il est parfaitement inoffensif à l'égard de tout le monde, on ne s'occupe guère de lui dans les régions officielles qu'au point de vue de la moralité publique, par rapport à son accoutrement. Pourvu que le haillon qui lui sert de feuille de vigne fasse à peu près son office, on ne lui demande rien de plus.

En voyant arriver Manuel, Jacques Melin interrompt sa danse et vient à pas de loup au-devant de lui en joignant les mains et en inclinant la tête d'un air tendre, puis il se met à dire à voix basse avec une rapidité extrême et d'un ton de récitatif :

— Bonjour, Monsieur Manuel ! je vous aime bien, Monsieur Manuel ! donnez-moi un petit sou, Monsieur Manuel ! voulez-vous que je danse, Monsieur Manuel ?

Puis tout à coup reprenant sa grosse voix de poitrine, il s'écrie en se redressant :

— Vive la sainte Vierge, vive la soupe et le bouilli ! vive Monsieur Manuel !

Manuel, accoutumé aux singeries de Jacques Melin, passe son chemin sans lui répondre, lorsque tout à coup cette soupe et ce bouilli lui font involontairement tourner la tête. La maudite chanson le poursuit avec une ténacité terrible. Le pauvre diable redouble de vitesse, sans doute afin de s'en débarrasser plus tôt. Il faut réellement que cette chanson ait couru comme le feu sur une traînée de poudre, pour être déjà arrivée jusqu'à Jacques Melin.

En arrivant à Cernans, Manuel entend des buveurs qui chantent au *Café-neuf,* et il se félicite tout bas de pouvoir leur échapper, quand, arrivé près de la fontaine communale, autour de laquelle se cornent deux génisses en dressant la queue, il reconnaît la voix du maréchal qui l'appelle par son nom.

— Eh! dis donc, Manuel! tu fais bien le fier aujourd'hui. Tiens, voilà ta note.

— Ha! ha! voyons un peu. Et combien cela fait-il?

— Ça fait vingt-cinq francs soixante.

— Diable, c'est bien cher!

— Comment, bien cher? J'ai pourtant tout mis au plus juste prix ; tiens, regarde plutôt le détail : 1° Refait dix boucles à une grosse chaîne ; 2° Referré sept pieds de bœuf ; 3° Réparé la mécanique à enrayer ; 4° Reforgé et regarni d'écrous deux bandes de roue. Total : vingt-cinq francs soixante. Est-ce que tu crois qu'on nous donne le fer et le charbon pour rien?

Manuel, qui ne s'est pas attendu à ce quart d'heure de Rabelais, n'a que onze francs sur lui. Il les remet au maréchal, en lui demandant quelques jours de répit pour le reste, et continue sa route en maudissant de plus en plus le *Cheval-Blanc*, les chansons, les maréchaux et toute la pacotille.

A l'instant où il entre dans le bois du Chalème, un merle en sort brusquement à toute volée en sifflant d'un air moqueur. Ce sifflement a quelque chose de si étrange, que Manuel croit y reconnaître encore les premières notes de la chanson de Coulas. Cette idée seule, qui peut n'être qu'un pur effet de son imagination enfiévrée, lui donne une sueur froide, dont le compte rendu de la journée que lui fait sa mère, quelques instants après, n'est guère à même de calmer la violence, surtout quand elle arrive au chapitre des antipathies de la Fifine contre les voituriers et contre le mariage.

De son côté, la Fifine est dans des dispositions d'esprit singulières depuis le jour du dîner avec la Jeanne-Antoine, qui a été aussi le jour de l'apparition de la blouse bleue dans les vignes du château de Rans et des interprétations de son père à propos de cette apparition. C'est en toute sincérité d'âme qu'elle a ainsi raconté à la Jeanne-Antoine son peu de goût pour les hommes en général et pour les voituriers de marine en particulier; aussi se trouve-t-elle toute désorientée par l'intérêt si subit que lui a inspiré cette maudite blouse, et elle a d'abord bien cherché à se faire accroire qu'elle eût très-facilement triomphé de cet intérêt de surprise, si le malheur n'avait pas voulu que Josillon vînt précisément glisser dans son cœur un levain de jalousie, en émettant la supposition que Manuel pouvait aller « en blonde » à Salgret, et faire fermenter par là un premier faux semblant d'amour qui, sans cela, se fût affaissé de lui-même.

La pauvre fille a perdu sa gaîté. Au lieu des chansons qui s'exhalaient jusqu'ici de son cœur aussi naturellement que le vin jaillit du tonneau plein quand on tourne le robinet, elle se surprend maintenant souvent à monologuer et à rêver toute seule

sans s'apercevoir même qu'alors elle ne travaille plus,
et que ses mains croisées restent inertes sur sa besogne. Elle cherche à se rendre compte de ce qui se
passe en elle, mais ses recherches sont vaines; elle
y perd son latin. Tantôt elle soutient avec elle-même
de longues thèses, au fond de sa pensée, pour se
prouver qu'elle a eu jusqu'ici parfaitement raison de
rester fille, et qu'elle serait bien sotte d'admettre
aucun changement dans sa vie ; puis, un instant
après, elle s'avoue humblement que si elle est restée
fille, cela pourrait bien tenir un peu, après tout, à
ce que personne n'a encore osé lui faire la cour, —
les plus riches qu'elle, parce que sans doute ils ne
la trouvaient pas assez riche. — et les plus pauvres,
parce qu'ils la croyaient trop satisfaite de son sort
actuel pour en changer très-facilement à leur profit. Et puis ce Manuel, aussi bien, à supposer que ce
soit bien réellement lui qui court ainsi les vignes
avec sa blouse sur la tête, ce dont elle prétend n'ê-
tre pas encore sûre, ce Manuel, tout gros voiturier
qu'il est, n'en a pas moins sauvé à peu près décidément la vie à Josillon ; et la Fifine aime trop son
père, cela se comprend, pour ne pas vouer une pro-
fonde reconnaissance à celui qui a eu la chance de
le lui conserver. L'amour, une fois rhabillé ainsi du
manteau de la tendresse filiale, ne craint plus ni
les refroidissements, ni les engelures ; d'autant mieux
que, tout bien calculé, la Jeanne-Antoine ne laissera
pas moins de quatre mille francs de succession, qui

ne peuvent échoir à d'autre qu'à Manuel, puisqu'il est fils unique.

C'est une chose bien fâcheuse pour l'amour-propre, sans doute, que de s'éprendre ainsi tout à coup d'un blond, quand on rêvait peut-être à un brun depuis des années ou réciproquement ; mais en fin de compte, c'est avec l'amour surtout qu'il est des accommodements. Il y en a bien d'autres qui finissent par s'arranger au mieux des gens et des choses qui avaient commencé par leur être insupportables ; c'est là le train du monde, sans compter qu'un homme fort peut aussi être quelquefois joliment utile. Supposons que la Fifine se trouve un beau jour sur le point d'être écrasée par une bosse de vendange comme celle de la vigne de Chauvirey ; si elle n'a alors à côté d'elle qu'un petit bout d'homme de mari, grand comme le pouce, les voilà perdus tous deux sans rémission, tandis qu'avec Manuel, une femme, dans l'hypothèse, s'en tirerait aussi gaîment que s'en est tiré Josillon.

Telle est, en raccourci, la filière d'idées, le long de laquelle voyage *incognito* l'esprit de la Fifine, qui en est déjà depuis quelques jours à se demander pourquoi ce grand nigaud fait ainsi la bête au lieu de s'expliquer tout net.

IV

D'UNE PIERRE DEUX COUPS

Le mois de juin n'est plus aussi beau qu'a été le mois de mai. Tous les jours c'est un nouvel orage qui fait tomber du ciel des torrents de pluie, Les gens du pays bas ne savent comment s'y prendre pour récolter leurs foins. Les vignerons, eux non plus, ne peuvent entrer dans leurs vignes. Il est deux heures de l'après-midi. On croyait ce matin que le temps *se lèverait* sur le tantôt, mais il n'en est rien. Poupet a toujours mis son bonnet ; aussi les gens fatigués d'être seuls au logis commencent-ils à venir faire la causette sous le péristyle de l'hôtel-de-ville, en se glissant le long des maisons, les mains cachées en arrière sous les poches de leur veste, ce qui dispense de parapluie, et en clignant de l'œil chaque fois qu'une goutte d'eau de pluie leur tombe sur la paupière. Tous les tuyaux de descente des maisons dégorgent sur le pavé l'eau des toits avec une hâte furieuse. Madame *Truchot*, la grosse naïade rococo de la fontaine de la place d'Armes, semble se baisser elle-même plus qu'à l'ordinaire sur son urne, que les gamins de Salins appellent un pot de chambre, pour garer un peu ses gros charmes de pierres des rafales de la pluie que chasse contre elle le vent d'Ivory.

De petits brouillards, gonflés comme des éponges, se traînent lourdement sur les rochers de Belin. En y regardant, du péristyle de l'Hôtel-de-ville, on n'aperçoit bientôt plus dans l'air que de grandes cordes de pluie que le vent fait ondoyer comme des vagues.

Josillon se trouve aussi au rendez-vous. On s'en aperçoit aux éclats de rire que provoquent ses remarques sur les mollets de toutes les femmes qui passent en marchant sur la pointe des pieds, en tenant leur parapluie d'une main et leur jupe, soigneusement retroussée, de l'autre.

Tout à coup l'on voit déboucher au coin de la maison Lepin, à l'angle supérieur de la place, une voiture à bœufs qui se dispose à couper la place en écharpe, pour se diriger sur le moulin Bonnet, par l'arcade de l'aile gauche de l'Hôtel-de-ville. Sur cette voiture se trouve un énorme rondin destiné à être scié pour des planches. Les bœufs sont littéralement trempés comme des soupes. Le voiturier est affublé d'un grand sac qui est censé lui servir d'abri. A mesure que l'attelage approche, Josillon s'aperçoit que l'un des bœufs n'a plus qu'une corne.

— Eh !... dis donc, Manuel, est-ce que tu vas encore à Salgret, comme ça ?

— Tiens ! vous voilà, Josillon ! Non j'en prends toujours du blanc...

— Qu'est-ce que...? Ah çà ! mais est-ce que décidément...? Prends donc garde, voilà tes bœufs qui vont manquer l'enfilade de l'arcade !...

— Oh ! n'ayez pas peur. Ils connaissent leur article. *Ta Dsaillet, aï* !

— Ah çà ! voyons, est-ce que décidément tu as la tête toquée ?

— Pourquoi donc, Josillon ?

— Pourquoi ! pourquoi ! Eh ! pardié ! je te demande si tu vas à Salgret, et tu me réponds que tu en prends toujours du blanc !

— Ah ! vous parliez de Salgret ! Il fallait donc le dire. Moi, je croyais que vous me parliez du sel gris. J'ai justement pris ce sac pour aller à l'emplette du sel ! Le tout est de s'entendre, Josillon. Moi ! à Salgret ? Où est-ce que c'est ça, à Salgret ?

— Eh bien, tu nous en flanques là une bonne ! Est-ce que tu ne venais donc pas de Salgret, l'autre jour, avec ta blouse sur la tête ?

— De Salgret ! moi ? Jamais de la vie ! Ah ! vous pensez encore à ça, Josillon ? Eh bien attendez-moi là. Je vais décharger mon rondin, et nous irons prendre une demi-tasse au Café-Pompiers.

Le Café-Pompiers se trouve vis-à-vis l'Hôtel-de-ville. Un instant après, Manuel et Josillon parvien-

nent effectivement à s'y installer tant bien que mal
à une petite table, au milieu d'un nuage de fumée
et d'un affreux vacarme. Grâce au mauvais temps
qu'il fait dehors, la salle est aujourd'hui garnie
comme une barrique de harengs. Josillon prélève
d'abord sur sa ration de sucre les deux plus gros
morceaux qu'il glisse discrètement dans sa poche,
en même temps que la maîtresse de l'établissement
s'avance armée de deux flacons.

— Quelle liqueur prenez-vous, messieurs? Est-ce
du cognac, ou de l'eau de cerises?

— Ho! des deux!

— Ha!... dans ce cas, je vais vous laisser les flacons.

— Eh bien oui. Voyons, sucre donc, Grand, pendant que c'est chaud. Où as-tu dîné, aujourd'hui?

— J'ai dîné au *Cheval-Blanc* donc, pour laisser
passer la pluie; mais j'ai compté sans mon hôte.

— Ainsi, tu disais donc que tu ne venais pas de
Salgret, l'autre jour?

— Jamais de la vie? Que diable voulez-vous que
j'aille faire à Salgret, par hasard?

— Ma foi, que sais-je, moi? faire l'amour peut-
être. A ton âge, il n'y a rien là de bien étonnant.
Après ça, tu entends bien, c'est ton affaire. Ça n'empêche pas que tu avais une drôle de mine toujours,
avec cette blouse. Figure-toi que je t'ai pris pour
Jacques Melin...

— Ah bah!

— Aussi vrai que voilà un flacon !

— Enfin voilà, quoi?

— Et la Jeanne-Antoine, comment va-t-elle?

— Peuh !... elle va comme les vieilles femmes.

— Écoutez, Josillon, je voudrais vous demander quelque chose. Si je ne vous avais pas trouvé là, je voulais justement aller chez vous.

— Voyons ce que c'est. Si ce n'est pas **dix mille** francs à fonds perdu, je pourrai peut-être...

— Oh ! vous pourrez très-bien. Il s'agit d'une affiche.

— Ah ! s'il s'agit d'une affiche...

— Parbleu oui, d'une affiche que j'ai lue l'autre jour sur un mur au faubourg.

— Et qu'est-ce qu'il y avait sur cette affiche?

— Il y avait, il y avait que le maire de Salins invitait les gens, qui voudraient entreprendre le balayage de la ville, à déposer leurs soumissions à la mairie dans le délai d'un mois.

— Et puis, en quoi cela te concerne-t-il?

— En quoi ça me concerne? Parbleu ! je m'en vais vous le dire. Mais, dites-moi, Josillon, est-il vrai, comme je me le suis laissé dire, que la ville paie ainsi une somme de sept à huit cents francs à celui qui se charge du balayage, sans compter toutes les balayures qui sont encore pour lui?

— Mais, ma foi ! mais pardié! je ne suis pas bien au courant de ces choses-là, moi. Et cependant, tiens, si ! je crois que si, tout de même. Oui, oui, je me rappelle très-bien maintenant en avoir entendu parler. Pourquoi? Est-ce que tu as envie de te mettre sur les rangs?

— C'est-à-dire, oui et non, Josillon; vous entendez bien.

— Ah ! pour quant à ça, je t'en fais mon compliment. Pour le coup, tu as attrapé la coupe. Depuis Villeneuve, ce serait vraiment dommage de t'en priver, car tu as là tout à la main pour une pareille besogne. Rien que trois heures pour aller et trois heures pour revenir, c'est une bagatelle. Mais par exemple, si c'est comme cela, je te conseille de faire faire des bœufs à la vapeur.

— Mais, bon Dieu ! il ne s'agit pas de tout cela, Josillon; vous comprenez bien qu'une idée en peut amener une autre.

— Ah bien ! voyons un peu l'autre, maintenant.

— Eh bien, l'autre... c'est-à-dire, Josillon, tenez, avec vous on peut parler franchement, n'est-ce pas? Je sais bien que vous n'aimez pas trop les voituriers ni le voiturage.

— Tu l'as dit, mon ami.

— Eh bien, à vous parler franchement, ni moi non plus !

— Ah ça, mais dis donc, grand baliveau, est-ce que tu auras bientôt fini de plaisanter avec moi ?...

— Je ne plaisante pas du tout, Josillon ; je vous parle de mon plus grand sérieux.

— Mais, grand pénitent, si tu n'aimes pas le voi-

turage, pourquoi donc est-ce que tu voitures ainsi
tous les jours que le bon Dieu donne ?

— Pourquoi ? pourquoi ? Mon Dieu, voyez-vous,
Josillon, il faut bien faire quelque chose ; une fois
qu'on est *embrué* (lancé), on ne s'arrête pas comme
on veut. Mais maintenant, voyez-vous, c'est dit. J'ai
mon idée. Si je peux en venir à bout, vous verrez
que je ne plaisante pas.

— Et ton idée, c'est pour le balayage ?

— Justement, Josillon.

— Ah ! bien, par exemple, il me tarde de voir
comment tu vas t'y prendre.

— Oh ! ma foi, je sais bien que ça n'ira peut-être
pas du premier coup comme sur des roulettes. Vous
comprenez qu'il faut d'abord avoir l'adjudication,
primo. Secundo, il faut venir s'établir à Salins...
Tertio, pour venir s'établir à Salins...

— Et tes champs de là-haut, vas-tu les mettre au
petit salé donc ?

— Oh ! les champs, ils sont aussi dans l'affaire.

— Ah ! oui, c'est cela ; tu comptes peut-être les
descendre ici sur ta voiture...

— Il n'est pas question de tout cela, Josillon.

— Ou bien leur monter là-haut pour quatre sous
de balayures sur une voiture qui te représentera au
moins cinq ou six francs de perte par voyage ?

— Mais, Josillon, quand je vous dis que j'ai mon idée !

— Eh bien, voyons ton idée ; tertio... tu en étais à
tertio.

— Tertio, pour venir s'établir à Salins, il me faut...
savez-vous bien quoi, Josillon?

— Une femme peut-être.

— Vous avez mis le nez dessus, Josillon.

— Oh! alors, s'il ne te manque plus qu'une femme,
il y en a partout à revendre.

— C'est-à-dire..., Josillon, vous comprenez bien.
Ce n'est pas tout-à-fait une de celles qui sont à revendre que je voudrais...

— Oh! pour quant à cela, je ne dis pas.

— Vous comprenez bien, je voudrais une femme
rangée...

— C'est juste.

— Travailleuse...

— Est-ce que tu comptes la mettre au balayage,
par hasard?

— Oh! pas de ça; jamais de la vie. Moi je suis d'a-
vis qu'il faut que les femmes restent au logis. Les gros
ouvrages ne sont pas faits pour elles. Je voudrais
une femme qui eût aussi quelques petites choses...

— C'est juste.

— Parbleu, oui, Josillon, je vous dis ce qu'il en
est. Je sais bien qu'il me sera peut-être difficile de
trouver chaussure à mon pied par ici; mais, cependant, vous savez tout de même bien qu'au fond, je
suis encore une assez bonne bête. Et puis, vous savez bien aussi nos petits avoirs...

— Oh! pardié oui. J'ai compté cela sur le pouce
avec ta mère; nous avons trouvé quatre mille francs

tout ronds, sans compter le mobilier meublant...

— Eh bien, oui, quatre mille francs. Il n'y a pas de quoi rouler carrosse, je le sais bien ; mais encore ça ne se trouve-t-il pas dans le pas d'un bœuf.

— Pardié ! je n'en ai pas plus, moi !

— Eh bien, oui, Josillon. C'est donc pour vous dire, Voulez-vous encore un petit verre ?

— Allons, verse ; une fois n'est pas coutume.

— Si pourtant vous aviez su quelqu'un, Josillon ? J'avais pensé que peut-être vous pourriez me donner un mot de conseil, ou peut-être même une indication.

— Eh bien, tu m'en fiches là une bonne! Est-ce que tu me crois maquignon de filles à marier, par hasard?

— Mais non, Josillon ; jamais de la vie. Il ne s'agit pas de cela. Seulement, je me disais que peut-être il pourrait vous venir quelqu'un en idée... ou bien même... à mam'selle Fifine...

Manuel prononce ces dernières paroles avec un visible embarras. Josillon le regarde fixement d'un air narquois qui le fait rougir comme une jeune fille.

— Ah çà ! dis donc, toi, farceur que tu es ! je crois bien, Dieu me pardonne, que tu as envie de m'entortiller.

— Moi ! Josillon, jamais de la vie !

— Oui, oui, c'est bon ! je te vois venir, beau masque !

— Eh bien, quoi ? qu'est-ce qu'il y a ? Est-ce parce que je vous parle de mam'selle Fifine ?

— Oui ! oui, mam'selle Fifine ! Ne fais pas ainsi

l'âne pour avoir du son, va ! J'ai flairé ta *meurette*[1] tout de suite. Après ça, vois-tu, il faut que je te dise une chose. Je veux être plus franc que toi, moi. Vois-tu, je n'ai pas encore oublié la bosse de vendange de Chauvirey, moi ; si la Fifine est d'avis, moi, je te déclare tout net que je n'ai rien contre...

— Vraiment Josillon ; eh bien, tenez, vous êtes un brave homme.

— Oh ! je crois bien maintenant ! Mais, mon cher, tu comprends bien que ce n'est pas moi qui épouse. La Fifine est bien maîtresse de s'arranger comme elle voudra. Quant à moi, bernique ! vois-tu, je ne me mêle pas de ces choses-là.

— Oh ! ça est juste, Josillon. Mais, tout de même il me semblait que vous pourriez bien peut-être toujours dire un petit mot...

— Ah ça mais... est-ce que le chat t'a mangé ta langue ?

— Mais non, Josillon, jamais de la vie ! Vous voyez bien que je cause même assez aujourd'hui ; à preuve que j'ai bu à dîner une bouteille de plus pour me donner du courage...

— Ah çà ! grand clampin ! t'as donc peur des fil-les, toi, à ce qu'il paraît ?

— Tenez, Josillon, je vois bien que vous ne savez pas ce que c'est. Je n'aurais pas peur de trois loups, moi, ni de trois *grand-valiers*[2].

(1) Ruse. *Meurette* équivaut à matelotte de poisson.
(2) Rouliers du Grand-Vaux dans les montagnes du Jura.

Je me chargerais de maîtriser un bœuf rien qu'en le tenant par les cornes; et pourtant, voyez-vous, devant mamselle Fifine, je ne sais pas ce qui fait ça, mais il n'en est pas moins vrai que je ne suis plus à moi...

— Mais, malheureux, est-ce que tu t'imagines donc que, de mon temps, je n'ai pas aussi passé par là? Je suis pourtant obligé de t'avouer que je n'étais pas tout à fait si bête que toi.

— Mais vous, Josillon, c'était bien différent.

— Allons, bon! en voici encore un avec son *bien différent!* Je ne vois pourtant pas ce qu'il y a de différent là-dedans, moi. Je suppose. Voilà une fille qui me plaît, je m'appelle le grand Manuel et je veux me marier. Eh bien, sais-tu ce que je fais? Je vais trouver cette fille tout droit. Je lui dis : — Mamselle, je suis le grand Manuel. Je suis, à ce qu'on dit, un assez bon enfant. J'ai quatre mille francs à prétendre de ma mère. Je voudrais de vous. Et vous, voudriez-vous de moi? Décidez-vous vite, car si vous dites non, j'irai chercher ailleurs.

— Justement! Josillon; voilà justement la différence! c'est que si mam'selle Fifine dit non, moi, je n'irai pas chercher ailleurs, je resterai garçon, et c'est aussi pour cela que je voudrais savoir d'abord...

— Eh bien, mon cher, si tu veux savoir d'abord, viens-t'en avec moi. Nous allons éclaircir les affaires, tout chaud, tout bouillant...

— Non pas, non pas! Pas encore, Josillon. Il faut d'abord que je sache de quoi ça tourne. Si vous vou-

lez avoir la bonté de parler à mamselle Fifine et de
m'écrire un mot de réponse, je vous serai obligé.

— Ainsi donc, grand poltron ! il sera dit que c'est
moi qui t'aurai fait tes mâchots ? Et moi qui croyais
qu'il allait en blonde à Salgret ! Est-ce qu'il serait
peut-être aller guetter la Fifine ?

Quoique très-préoccupé au fond de la confidence
qu'il vient de recevoir, Josillon rentre chez lui avec
l'air dégagé qui lui est naturel. La Fifine est toujours à
coudre près de la fenêtre. Il s'arrête devant elle, en
cachant sa main droite derrière son dos, et lui dit
d'un ton provocateur :

— Fifine !
— Quoi ?
— Ouvre la bouche.
— Pourquoi ?
— Ouvre toujours !
— Oh ! père, comme vous sentez la pipe !
— Je te dis d'ouvrir la bouche !
— Non ; je parie que vous avez été au café ?
— Ouvre la bouche, que je te dis !
— Eh bien, dites-moi d'abord pourquoi ; si c'est
pour du sucre, je vous préviens que je n'y tiens pas.
— Oui, c'est cela ; on sait bien pourquoi le chat ne
veut point de lard ! Une fois, deux fois, m'obéiras-tu ?
— Allons, tenez ; s'il ne faut que ça pour vous sa-
tisfaire... ah... a... a...
— Aïe ! tu m'as mordu, vilaine

— C'est bien fait ! Pourquoi aussi fourrez-vous là votre doigt au lieu du sucre ?

— Père et mère ne mangeras, afin qu'ils vivent longuement, dit le catéchisme.

— Enfin, ça n'empêche : je voudrais toujours bien savoir comment il se fait que vous soyez allé au café ?

— Parce qu'on m'y a mené, mam'selle.

— Et qui est-ce qui vous y a mené ?

— Devine !

— Ah çà, père, est-ce que vous êtes gris ?

— ... bouille !

— Oh ! quel maudit père ! Voulez-vous que je vous arrache un peu les yeux ?

— A propos, Fifine, sais-tu que ce n'est pas du tout de Salgret que venait l'autre jour le grand Manuel ?

— Vraiment ! Et puis qu'est-ce que cela me fait à moi ?

— Comment, qu'est-ce que cela te fait ? Pourquoi donc est-ce que tu ne me regardes plus, alors ?

— Tenez, père, vous êtes un insupportable ! Gare à mon aiguille, tout à l'heure !

— Figure-toi que le grand Manuel a l'idée de quitter son voiturage...

— Eh bien, ma foi ! je ne vois pas le grand mal.

— Pour venir rester à Salins...

— Qui est-ce qui vous a dit cela ?

— Ha ! ha ! qui est-ce qui vous a dit cela ? Eh bien, c'est quelqu'un qui le sait de bonne part.

— Mais qui, enfin ?

— Lui-même.

— Commént, lui ! C'est donc avec lui que vous avez été au café, alors ?

— Il veut entreprendre le balayage de la ville.

— Oh c't'idée ! le balayage !

— Oui, ma chère, et s'y marier, encore.

— Et s'y marier... Ah ! ah... Eh bien, pourquoi pas ?

— Veux-tu savoir avec qui ?

— Moi ? mais... mais pas du tout. Qu'est-ce que cela me fait, à moi ?

— Après tout, cela fera un mari qui en vaudra bien un autre, va ! le grand Manuel !

— Oui, surtout pour celles qui mesurent les gens à l'aune !

— Sa mère lui laissera bien quelques petites choses, au grand Manuel !

— Oui, elle lui laissera le champ *Linglet*, où il ne pousse que des rochers et des prunelles, qu'elle a dit.

— Sans compter qu'il est adroit ce garçon, et une fois qu'il sera en train de quelque chose, je suis sûr qu'il est dans le cas de s'en tirer *aux oiseaux* (très-bien) !

— C'est, pardi ! bien dommage que vous ne soyez pas fille à marier, père.

— Figure-toi qu'il lui était venu une drôle d'idée à Manuel.

— Ah ! ah !... et laquelle ?

— Eh bien, il me disait de te prier de lui chercher...

— Quoi ?

11

— Devine quoi.

— Oh ! tout de même, l'insupportable père !

— Enfin... devine toujours un petit peu.

— Tenez, père, je devine que je vous déteste !

— Et puis encore ?

— Eh bien, qu'est-ce que c'est donc qu'il veut que je lui cherche !

— Une femme...

— Ah ! bien... par exemple ! en voilà une sévère ! Vous pouvez lui dire que j'ai bien d'autres chiens à étriller.

— Oui, ma chère, une femme !

— Une femme, moi !

— Oui, une femme, et pour te faciliter la recherche, voici comment il la veut.

— Ah ! il sait déjà comment il la veut ! Mais, dans ce cas, le plus sûr serait de la faire faire de commande.

— Il ne la veut... pas trop jeune.

— Oh ! je pense bien qu'il n'ira pas la chercher en nourrice...

— Ni trop vieille...

— Ah ! ce serait pourtant joli, une femme avec une paire de lunettes pinçantes sur le nez.

— Ni trop riche...

— Oh ! cette précaution !

— Ni trop pauvre...

— Pardi ! pour un homme cossu comme lui, je crois bien.

— Ni trop demoiselle...

— Ah bah !

— Ni trop paysanne...

— Voyez-vous, ce monsieur !

— Ni trop bête...

— Lui qui a tant d'esprit ! je vous demande un petit peu !

— Ni... ni... trop... trop fi...fine...

Malgré lui, Josillon se sent gagné par l'émotion, et sa voix se met à balbutier. La Fifine, ne sachant si elle doit attribuer à un balbutiement involontaire ou à une malice intentionnelle de son père cette arrivée de son nom au bout de cette kyrielle, lève vers lui ses yeux interrogateurs et s'aperçoit que les siens commencent à devenir humides. A cette découverte, elle s'élance à son cou en cachant sa tête dans sa poitrine et s'écrie:

— Père, père, je vous en prie ! ne vous moquez pas de moi !

— Mais pardié ! mais pardié ! je ne me moque pas non plus ; je te dis ce qu'il m'a dit de te dire. Veux-tu que je lui écrive de venir demain?

— Mais, père ! vous savez bien que tant que je vous aurai, je n'ai besoin de personne !...

— Oui, mais quand tu ne m'auras plus?

— Père, vous êtes le maître, faites ce que vous croirez pour le mieux !

— Allons, allons, fillette. Brrr !... voyons, essuie

vite tes œillots. Il n'y a, fichtre! pas là de quoi
pleurer. Il n'y a pas grand danger à le voir venir,
toujours. Quand ce ne serait que pour voir la drôle
de mine qu'il va faire! Pardié! tu garderas toujours
ton *quant à toi*, tant que tu voudras. Eh bien donc,
je vais lui écrire un mot, comme je lui ai promis;
apporte-moi de l'encre et du papier.

En fait de papier, la Fifine n'a guère que les pages
restées blanches sur ses cahiers, au temps où elle
allait à l'école. Elle déchire donc une page à un de
ces cahiers et la donne à son père; puis elle va
prendre sur un des rayons du dressoir son vieil en-
crier de verre, dans lequel une vieille grosse plume
de coq d'Inde est censée tremper dans l'encre. L'ori-
gine de cette plume se perd dans la nuit des temps,
et cependant son tuyau robuste et blanchâtre semble
lui garantir encore une durée bien longue, car Josillon ne se met pas souvent en frais d'écriture.

— Mais, dis donc, voilà de l'encre qui ne marque
plus. Apporte-moi la bouteille, que j'y mette un
peu de vin pour l'éclaircir.

Josillon verse quelques gouttes de vin dans l'en-
crier qui s'ouvre, ou plutôt qui se ferme en entonnoir,
le secoue fortement, et parvient à obtenir ainsi un
liquide jaunâtre, qu'on dirait provenir d'une cheminée depuis longtemps vierge du ramoneur.

Il y trempe sa plume et veut se mettre à écrire.

— Tiens, j'oubliais mes lunettes. Donne-moi *voir*

mes lunettes. Elles doivent être dans ma veste des
dimanches.

La Fifine cherche les lunettes, Josillon les essuie
avec le coin de sa manche et les ajuste sur son nez,
puis il reprend sa plume.

— Ah ! voyons.... maintenant !

La Fifine a repris sa couture. Josillon se met à
écrire :

« Mon cher Manuel !

» Je mets la main à la plume pour te faire savoir
par la présente que je viens de mettre les pommes
de terre sur le feu. Il me semble qu'elles cuisent à
gros bouillon. Si tu veux venir voir si elles sont
cuites, il ne tient plus qu'à toi. La présente nous
laisse en bonne santé ; je souhaite qu'elle vous trouve aussi de même.

» Je suis pour la vie, ton fidèle

» JOSILLON CLAIRET. »

— Ah !.... voilà !

— Comment est-ce que vous avez mis, père ?

— Oh ! maintenant... ça ne te regarde plus. Donne-
moi seulement un peu de mie de pain, que je ca-
chette...

Josillon plie sa lettre à la façon des cuisinières,
c'est-à-dire de telle sorte que la place du cachet se
trouve juste au bord même de son petit carré épis-
tolaire ; puis il va la jeter à la poste, et revient
en attendre les suites en toute tranquillité d'âme.

Malgré sa sobriété de tendresses verbales, Josillon, comme on peut s'en apercevoir, ne laisse pas que d'aimer sa fille, littéralement, jusqu'à l'adoration.

C'est par des actes bien plus que par des paroles qu'il exprime son culte pour la Fifine. La première pêche de ses pêchers, la première grappe de ses raisins, la première reine-claude de ses pruniers, tout cela, c'est toujours pour elle, et il faut voir avec quel air heureux et triomphant il vient lui offrir ces délicieuses primeurs. Dans son zèle, en ce genre, Josillon va même à l'occasion jusqu'au maraudage.

En automne, quand les *turquies* (maïs) mûrissent, il faut être doué dans nos pays d'un stoïcisme bien robuste, pour passer alors auprès d'un beau champ de turquies, sans en cueillir une grappe, surtout quand on a au logis une personne chère que l'on sait être friande de ce régal. Or, c'est précisément là le cas de la Fifine. C'est toujours pour elle une joie nouvelle de voir sortir de la poche de Josillon une de ces belles grappes seulement à moitié mûre, d'en enlever l'une après l'autre les feuilles, vertes par-dessus et blanches par-dessous, entremêlées de longues barbes flottantes, aussi douces que l'œuvre ; pour découvrir enfin ces jolis petits grains si laiteux et si blanchâtres, auxquels il fait si bon mordre à belles dents quand on les a grillés sur les charbons. La Fifine, une fois en train de mordre à son *rôt*, ne s'informe plus de sa provenance.

Nous devons ajouter, à la décharge de Josillon,

qu'un pareil maraudage n'est pas considéré dans la Jura comme un délit beaucoup plus grave que celui de cueillir un raisin quand on a bien soif, en passant dans une vigne, à l'époque de la vendange.

Pour les dimanches de pluie ou d'hiver, où il est impossible de sortir, Josillon a soin d'avoir toujours une provision de vieux journaux que lui repasse son cordonnier, et au moyen desquels la Fifine s'initie à sa manière à la politique et à la littérature. Sitôt qu'il arrive des « Franconi » à la promenade Barbarine, des comédiens au théâtre, une ménagerie sur la place Lilot ou des sauteurs sous la halle du marché, Josillon trouve toujours une pièce de dix sous au coin de son gousset pour y mener la Fifine. Jamais, enfin, il ne vend un *carri* (1) de vin, sans réserver, en sus du prix convenu, des épingles pour elle. Comme la Sainte-Fifine et la Saint-Josillon ne constituent qu'une seule et même fête, la Saint-Joseph, tous les ans, ce jour-là, il y a grande fête au logis. Dans les années de bonne récolte, on y danse même quelquefois, en petit cercle, et alors Josillon n'est certes pas le moins dégourdi de la bande.

C'est qu'il n'est pas, lui, de ces vieillards atrabilaires qui rendent les jeunes gens responsables de leurs cheveux blancs et de leurs catarrhes. Il sait que le meilleur moyen pour se faire aimer, c'est d'être toujours aimable. C'est là sa maxime, à lui; toute sa vie il l'a mise en pratique, et s'en est bien trouvé.

(1) 75 litres.

Josillon a écrit sa lettre le vendredi. C'est le dimanche suivant que Manuel doit descendre, probablement avec sa mère.

Dès le bon matin, Josillon se lève et allume le feu,
pendant que la Fifine fait les lits et la chambre. Josillon pend une marmite d'eau sur le feu, et sitôt
qu'elle est un peu chaude, il en puise dans une
écuelle pour faire sa barbe, devant le petit miroir
qui pend au clou de la fenêtre. Quand son menton est
bien ratissé, il n'a point à peigner sa tête, par la
bonne raison que ses cheveux sont coupés tout ras.
Pendant qu'il essuie et remballe son rasoir, la Fifine lui apprête sa bonne chemise de toile blanche,
ses bas de coton bleu, sa cravate et son pantalon
bleu de roi. Une fois sa chemise propre enfilée et
ses souliers sans clous noués, Josillon serre sur ses
hanches la boucle de ceinture de son pantalon, et
se dispose ainsi, en manches de chemise, à procéder à une opération qu'il se réserve tous les
dimanches matin, et à laquelle il s'entend parfaitement.

C'est la confection de son pot-au-feu.

Josillon dépend la marmite de la crémaillère, l'installe dans les cendres chaudes contre la platine et la
découvre ; puis il va chercher dans la crédence un
joli morceau de *culotton* bien rouge, qu'il glisse dans
l'eau chaude avec une précaution d'artiste. A ce
premier morceau de bœuf, il ajoute un bon os que le
boucher l'a obligé de prendre pour parfaire le poids.

Les gens ordinaires n'ont jamais fini de se plaindre,
quand ils se mettent à parler ainsi des os que les
bouchers vous imposent sous prétexte de viande.
Quant à Josillon, il en prend, lui, gaîment son parti, en se disant qu'il n'est rien de tel pour faire un
bon bouillon. La braise couve doucement autour de
la marmite. Josillon prend une petite chaise et vient
s'asseoir, l'écumoire à la main, aux aguets du mys-
tère qui va s'accomplir. Comme la marmite se trouve
perpendiculairement sous la cheminée, et qu'on est
au troisième étage, il en résulte que le jour descend
d'en haut jusqu'au fond de l'eau qui se met à bouillir
peu à peu. Bientôt la chaleur de cette eau, pénétrant
la viande, en fait sortir, bon gré, mal gré, les molé-
cules viciées qui montent à la surface. Dès que la
couche d'écume est assez épaisse, Josillon y promène
légèrement son écumoire, et rase le tout d'un seul
mouvement avec la grâce d'un barbier émérite. Autant de fois la couche d'écume se reforme, autant de
fois Josillon recommence sa manœuvre. Au milieu
de la large platine de fonte qui lui fait vis-à-vis, et
qui date de 1740, s'il faut en croire le millésime qui
s'y trouve, se dessine en relief un gros Amour tout
nu forgeant un de ses traits sur une enclume. Cet
Amour semble plus attentif à la besogne de Josillon
qu'à la sienne propre, et lui sourit narquoisement à
travers la forte couche de suie qui le rhabille du haut
en bas. L'écumage bien et dûment terminé, Josillon
se relève et va chercher sur la table les légumes

apprêtés par la Fifine. Ces légumes consistent d'a-
bord en quelques petits nœuds de choux précoces,
puis viennent des poireaux coupés en bâtonnets,
deux raves coupées en quatre et deux carottes rouges
destinées à donner une belle couleur au bouillon.
Josillon met le tout dans la marmite avec du sel, la
recouvre, ranime un peu le feu par-devant, et va reprendre sa toilette où il l'a laissée ; car aujour-
d'hui il prétend, dit-il, se mettre sur son *trente
et un*.

Pendant que Josillon est à son potage, la Fifine,
elle aussi, est à sa toilette. Elle peigne de son mieux
ses cheveux bruns devant son miroir, tout en res-
tant, à de fréquentes reprises, à s'y regarder, pen-
sive. — Oui, mais quand tu ne m'auras plus ? lui a
dit avant-hier Josillon, et depuis avant-hier elle se
répète à chaque instant ces paroles, qui lui semblent
résumer à la fois tout le passé et tout l'avenir. Le
passé pour elle se personnifie tout entier dans son
père, dont la visible émotion d'avant-hier l'a d'autant plus frappée, que Josillon est moins habitué à
des manifestations de cette nature. Dans l'avenir, au
contraire, elle pressent, comme elle ne l'a jamais
pressenti, que son père ne sera plus continuellement
auprès d'elle, qu'un autre le remplacera, et cet autre
va arriver tout à l'heure, pour recevoir d'elle-même
son assentiment à cette transformation si solennelle
de sa destinée.

Autant la curiosité naturelle à son sexe et à son

âge lui a fait trouver Manuel lambin et maladroit depuis le jour où elle a cru le reconnaître dans les vignes du château de Rans, autant la brusque démarche faite par lui auprès de Josillon l'étonne et la désoriente maintenant. Il faut donc alors qu'il y ait chez cet homme certains côtés qu'elle n'a ni entrevus ni soupçonnés. La pauvre fille se trouve butée contre quelque chose d'inconnu, et c'est aujourd'hui même que cet inconnu va se révéler à elle. Elle se sent inquiète, impatiente et tourmentée. Une chose cependant la rassure. C'est l'assentiment anticipé que son père semble avoir donné à la démarche de Manuel. Elle se dit que les cœurs aussi bons et aussi aimants que celui de Josillon doivent avoir une pénétration infaillible pour apprécier leur monde, sitôt qu'il s'agit du bonheur de ceux qu'ils aiment. Voilà ce sur quoi elle se repose en toute confiance, la pauvre fille ; en même temps que le doux rayonnement de tout son passé lui semble aussi une garantie pour l'avenir. Comparée à Manuel, elle se sent, il est vrai, petite de taille et délicate ; mais cette différence même n'est qu'une attraction réciproque de plus dans les arrangements ordinaires de la nature. Cet homme grand et fort, elle le sait cependant doux et bon. Peut-être ses rudesses de formes ne tiennent-elles qu'à la vie qu'il mène un peu forcément. Mais cette vie lui déplaît, à ce qu'il paraît, preuve nouvelle qu'il lui suffira de changer de position, pour changer aussi, jusqu'à un certain point, de nature.

— Et puis, en définitive, il faut être juste, ajoute
la Fifine au milieu de toutes ces réflexions mentales,
ce n'est pas la Jeanne-Antoine qui est bien faite pour
amadouer un gaillard pareil, ni le tenir en bride.
Dans tous les cas, il n'est pas manchot à la besogne,
à ce que dit mon père, et il n'a pas non plus peur
de sa peau, témoin la bosse de vendange de Chauvirey. — Allons, allons, sois tranquille, va, mon petit Manuel ; tu verras que la Fifine n'est déjà pas si
sotte ; mais, par exemple, il faudra être bien gentil !
Ah ! ma foi, pour quant à ça, vois-tu, je ne me lais-
serai pas marcher sur le pied !

Sa toilette finie, la Fifine rentre à la cuisine à
l'instant où Josillon tire de la marmite le croûton de
pain qu'il y a fait *gommer* (tremper) pour son dé-
jeuner. Elle a mis sa belle robe de mousseline-laine
qui lui monte jusqu'au cou, avec un petit collet de
dentelle de la largeur de deux doigts. Ses manches
retroussées et son tablier de cuisine blanc, tout en
contrastant avec sa robe, n'en accusent pas moins
l'intention d'être prête à toute éventualité, sans cependant laisser en souffrance aucune de ses obliga-
tions de bonne ménagère.

Quant à Josillon, il a mis, lui, son grand gilet d'é-
toffe à côtes bigarrées, son vieil habit de drap brun
à queue de morue, dont les devants laissent par en
bas le gilet découvert à la hauteur d'une bonne
main.

Il est neuf heures. On sonne à Saint-Maurice le premier coup de la messe.

Tout à coup la porte s'ouvre et la Jeanne-Antoine, avec un panier au bras, entre, suivie de son Manuel. La Jeanne-Antoine a mis un beau grand bonnet à passe repassé tout frais, dont les ailes empesées se roidissent sur ses tempes comme un béguin de sœur hospitalière. A son cou pend une petite croix d'or retenue par une ganse de velours noir. La bavette de son tablier de cotonnade rouge est fixée par deux épingles à la hauteur de ses épaules, sur un petit châle de laine à fleurs, dont la pointe par derrière ne dépasse pas le niveau de la ceinture.

Manuel, lui, a mis une veste de drap bleu foncé qui a l'air d'être neuve, un gilet clair à boutons de cuivre, un pantalon de drap gris clair dont les jambes, un peu trop courtes, laissent voir un peu plus qu'il ne conviendrait ses bottes fortes, aux talons desquelles on entend qu'il doit se trouver de petits fers. Le collet de sa chemise de calicot se rabat sur un foulard à couleurs éclatantes, dont les deux pointes retombent en avant, comme des oreilles de chien de chasse. Le devant de cette chemise fine est mal fermé par une boucle d'argent qui laisse voir par la fente une véritable Forêt-Noire aussitôt que Manuel se baisse.

— Ah !... voici la Jeanne-Antoine. Bonjour, Jeanne-Antoine. Bonjour, Manuel.

— Bonjour, Josillon. Bonjour, Mam'selle Fifine.

— Eh bien, eh bien, qu'est-ce que vous cherchez donc déjà dans votre panier, Jeanne-Antoine ? Est-ce que vous nous apportez encore quelque chose, aujourd'hui ?

— Ah ! mon Dieu, ne m'en parlez pas. C'est notre vieille poule qui quiouppait. Voyez, c'est comme on dit des fois, ça ne vaut pas la peine. Elle ne faisait plus d'œufs, et cependant elle ne voulait pas couver. Je l'ai saignée... pour lui apprendre, et la voilà. Ah! mon Dieu, vous savez bien, c'est comme on dit des fois, la plus belle fille du monde ne peut donner que ce qu'elle a.

— Saignée et plumée ! Jeanne-Antoine !

— Mais oui, Mam'selle Fifine. Le Grand m'a dit que nous dînerions probablement chez vous, et j'ai pensé qu'il serait encore assez tôt pour la mettre cuire.

— Eh bien, Jeanne-Antoine, vous pouvez vous vanter d'être une femme de précaution. Asseyez-vous donc, M. Manuel.

— Oh ! ne faites pas attention, Mam'selle Fifine ; je ne suis pas fatigué.

— Pauvre poulette, va ! La voilà qui a déjà les deux yeux tout fermés !

— Pardié ! tu es bonne là, toi ! on les fermerait à moins. Donne-moi ça ; c'est moi qui m'en charge.

— Qu'est-ce que vous en voulez faire, père ?

— Je veux lui faire prendre, pour la remettre du

voyage, un petit bain de pieds dans la marmite. Ça nous fera un bouillon à se manger les doigts après, et en même temps ça lui adoucira le tempérament.

— Ah ! bien oui, tenez, Josillon ; c'est comme on dit des fois, ce ne sera pas de trop.

— Mais moi, je voulais la mettre avec mes carottes...

— Tu la mettras après. Laisse-la d'abord faire deux ou trois contredanses dans la marmite.

— Tout de même, Josillon, c'est comme on dit des fois, vous êtes un homme de ressources, vous !

— Moi, Jeanne-Antoine, j'étais né pour devenir le premier moutardier du pape !

— Ah ça ! Josillon, il y a notre Grand que voilà qui m'a dit que vous lui aviez parlé pour une femme.

— Vous ferez pardon, Jeanne-Antoine ; c'est lui qui m'a parlé de ça le premier. Pas vrai, Grand ?

— Oui, oui, c'est vrai, mère ; vous vous trompez.

— Enfin, c'est comme on dit des fois, c'est toujours pour revenir au même.

La Fifine vient de se glisser furtivement dans sa chambre.

Manuel, qui semble tout radieux malgré son mutisme, ne quitte plus des yeux la porte entre-bâillée de cette chambre.

— Est-ce que vous avez réellement trouvé quelque chose qui convienne, Josillon ?

— Euh ! euh ! vous entendez bien, Jeanne-Antoine, des goûts ni des couleurs on ne peut discuter.

— Enfin, ça n'empêche. Je m'imagine bien que vous ne lui auriez pas mis en tête quelqu'un qui ne conviendrait pas.

— Mais pardié ! je ne lui ai rien mis en tête du tout, Jeanne-Antoine. Il est bien assez grand pour faire sa besogne tout seul, sans compter qu'il n'est déjà pas si bête qu'il en a l'air. Pas vrai, Grand ?

— Oui, oui, c'est vrai ; mère, vous vous trompez.

— Enfin, ça n'empêche ; il me tarde bien de la voir. Est-il vrai qu'elle dînera ici aujourd'hui, Josillon ?

— Aussi vrai que voilà une table, Jeanne-Antoine.

— Il me tarde bien de la voir. Est-elle riche ?

— Euh ! euh !

— Est-elle fière ?

— Euh ! euh !

— Est-elle belle ?

— Oh ! oui ! allez, mère, elle est crânement belle !

— Ah ça, toi, tu la connais donc ? Qu'est-ce que tu me chantais alors que tu ne la connaissais pas ?

— C'est-à-dire, mère, voyez-vous ; je la connais sans la connaître.

— Eh bien, vous ferez connaissance avec elle tous les deux à midi, car elle sera là, du sûr !

— C'est que, voyez-vous, Josillon, ce n'est que pour dire. Je sais bien qu'on peut s'en rapporter à vous. Mais enfin, c'est comme on dit des fois, vous comprenez qu'il y a femme et femme. Un homme comme notre Grand, ça ne connaît pas une miette

dans un ménage ; par conséquent, ça ne peut pas se
connaître en femme. Et pour moi, si je dois vivre
avec une bru, ce que je ne sais pas encore ; pour
lors, vous comprenez que j'aimerais voir un peu la
personne d'avance.

— Eh bien, Jeanne-Antoine, je vous promets que
vous la verrez tout à votre aise.

— Allons, bon ! Maintenant, faudrait aller à la
messe ; je crois que voilà le dernier coup qui sonne.

— Ah ! vous voulez aller à la messe ? Eh bien ma
foi, ne vous gênez pas. Vous irez avec la Fifine, tenez. Moi je me garde. Je suis de cuisine. Fifine ! dépêche-toi, voilà la Jeanne-Antoine qui t'attend pour
aller à la messe.

— Me voilà ! me voilà ! je suis prête !

La Fifine arrive avec un joli petit bonnet sur la
tête et un petit châle d'été sur les épaules. Le trouble de son cœur se lit du reste sur sa figure. A l'instant où elle entre dans sa cuisine, ses yeux ren-
contrent ceux de Manuel, et elle se met à rougir
comme braise. Pour cacher son embarras, elle se
précipite vers la marmite, en faisant à son père
toutes sortes de recommandations relativement à la
poule.

Manuel, qui n'a garde de manquer la messe, se
met à suivre sa mère et la Fifine en faisant résonner
ses bottes sur le pavé.

Au retour de la messe, le couvert est sur la table.

12.

— Mais, dites donc, Josillon, est-ce qu'elle ne vient plus ?

— Qui ?

— La particulière.

— Pourquoi, Jeanne-Antoine ?

— Parce que ne voilà que quatre couverts de mis.

— Ça ne fait rien, Jeanne-Antoine. Quand je vous dis qu'elle sera là ! Allons, asseyez-vous là, Jeanne-Antoine, à côté de la Fifine. Toi, Grand, viens te mettre ici près de moi.

— Mais enfin...?

— Un peu de patience, Jeanne-Antoine. Elle m'a fait dire qu'elle viendrait pour la poule ! Comment avez-vous trouvé mon bouillon ?

— Oh ! ma foi, Josillon, c'est comme on dit des fois ; c'est affaire à vous.

— Personne ne veut plus de bouilli ?

— Oh ! merci ! merci !

— Eh bien, alors, donne-moi cette bouteille que voilà sur la crédence, et tu nous serviras la poule.

La Fifine sent le cœur lui battre comme un marteau de forge. Manuel, lui, quoiqu'il se retienne des deux mains, danse sur sa chaise comme un pilon dans un mortier. Quant à la Jeanne-Antoine, elle ne quitte plus des yeux la porte de l'escalier.

— Ah ! pour le coup, Jeanne-Antoine, nous allons boire un petit coup de 34 de Chauvirey. Fifine, viens t'asseoir.

— Oui, mais cette... demoiselle ?

— A la vôtre! Jeanne-Antoine. A ta santé! Grand!

— A la vôtre Josillon; à la vôtre, Mam'selle Fifine!

— Oui, mais, Josillon?

— Quoi?

— Eh bien?

— Eh bien quoi?

— Cette demoiselle?

— Cette demoiselle?... Eh bien, pardié! ne la voilà-t-il pas?

— Où? quoi! que!...

— Là, à côté de vous...

— Quoi! C'est donc...?

— Mais oui, Jeanne-Antoine, ce n'est que moi, balbutie la Fifine en sautant au cou de la Jeanne-Antoine pour cacher son bouleversement et ses larmes.

Manuel, qui pleure lui-même comme un veau et qui ne sait plus que faire de ses bras ni de ses jambes, prend le parti de sauter au cou de Josillon et de l'étreindre de toutes ses forces.

— Aïe! aïe! dis donc toi! grand brigand! tu m'é-trangles!

A cette exclamation de Josillon, les deux groupes se séparent, et ces quatre figures se mettent à se regarder en souriant à travers les larmes. Manuel, hors de lui, tend sa grosse main à la Fifine, par dessus la poule. La Fifine y met résolûment la sienne que Manuel couvre d'un gros baiser.

— Jeu! c'était donc vous... Mam'selle Fifine...!

— Mais oui, c'était moi, Jeanne-Antoine. Est-ce que ça vous fait regret ?

— Si ça me fait regret à moi, Mam'selle Fifine ! Mais, mais ! pouvez-vous bien dire des raisons pareilles ? Ah ça ! mais... voyez-vous... Josillon ; si ce n'était pas vrai... voyez-vous ; si ce n'était pas là pour tout de bon... voyez-vous... c'est comme on dit des fois, il faudrait le dire tout de suite ; il ne faudrait pas plaisanter avec moi ; parce que... voyez-vous, il me semble déjà tout que ma tête, ma tête...

— Mais mère, quand je vous le dis moi ! pas vrai, Mam'selle Fifine ?

— Eh bien ! eh bien ! par exemple, Jeanne-Antoine, est-ce que vous ne voulez donc pas de moi pour votre bru.... pour votre fille ?

— Ma fille ! J'aurais donc une fille, moi ? Une bru ! et ce serait vous, Mam'selle Fifine ! Mais tout cela est-il donc bien possible, dites-moi ? Mon Dieu ! mon Dieu ! si mon pauvre vieux était au moins encore là pour voir tout ça !...

— Ah ça ! fichue Jeanne-Antoine, c'est à la noce que nous avons envie d'aller, nous autres, et pas à l'enterrement, entendez-vous ! Voyons, encore un petit coup de 34 de Chauvirey.

— Arrêtez donc ! arrêtez donc ! vous savez bien que je ne peux pas boire tout cela !

— Il faut boire ! il faut boire ! que je vous dis, moi ; il n'y a *ni cric ni croc*, Viens, Fifine, chan-

geons de place, et si la Jeanne-Antoine ne veut pas
boire... je l'emboque !

La Fifine prend son couvert et cède sa place à
Josillon. Celui-ci, une fois assis près de la Jeanne-
Antoine, lui passe galamment la main autour de la
taille et fait semblant de vouloir lui porter de l'autre le verre aux lèvres. Mais tout à coup il repose
le verre sur la table, et, sans retirer son bras de la
taille de la Jeanne-Antoine, il se met à regarder les
deux fiancés d'un air tout pensif.

La Fifine semble heureuse, mais recueillie. Quant
à Manuel, il n'ose encore étendre son grand bras
que sur le dos de la chaise de la Fifine. Son admi-
ration craintive a quelque chose de pareil à celle
d'un enfant devant la bulle de savon qu'il vient de
gonfler au bout de sa pipe de terre. Au moindre
mouvement, il tremble que tout ne s'évanouisse.
Pour la Jeanne-Antoine, l'étreinte caressante de ce
bras la reporte malgré elle à quarante ans en arrière. Tout cela, à elle aussi, lui semble un rêve dont
le moindre choc va la réveiller. Et cependant Josillon regarde toujours la Fifine. En voyant ce bras de
Manuel étendu derrière elle d'un air de possession
naissante, il sent naître dans son cœur de père un
étrange sentiment de jalousie. Cette jeune fille, pour
qui jusqu'à présent il a résumé le monde, et qui a
aussi été tout pour lui, un autre va donc l'en séparer.
Pour elle, d'autres préoccupations vont naître,

d'autres affections, d'autres soucis. Une fois qu'elle
est mariée, une fille n'appartient plus à son père,
mais à son mari. Le mari d'abord, puis les enfants
et le père ensuite. Jusqu'à présent, il s'est laissé
entraîner sans calcul et avec joie même dans la direction de ce but où la Fifine devait vraisemblable-
ment trouver son bonheur. Maintenant le but est
atteint. Il n'y a plus à reculer, car déjà elle paraît
heureuse : mais aussi voilà que tout à coup Josillon
s'est senti seul... Sans doute, il se peut que la
Fifine continue à vivre non loin de lui, ou même
tout près de lui et avec lui ; mais jusqu'à présent
elle y est restée, parce que lui seul pouvait lui donner la tendresse et la protection dont elle avait besoin, tandis que si elle continue à y rester meshui,
dit-il, ce sera peut-être par reconnaissance, par
devoir ou même par pitié. Or, Josillon ne veut accepter la pitié de personne, pas même celle de la
Fifine. Il s'arrête donc au seul parti qui lui reste à
prendre pour continuer à vivre plus au profit des
autres qu'à leur charge, et ne pas quitter sa fille.
Un profond soupir s'échappe de sa poitrine, et il
finit par dire :

— Jeanne-Antoine !
— Quoi, Josillon ?
— Que dites-vous de la mine de nos deux gaillards?
— Mais, ma foi, Josillon, je trouve qu'en voilà un
qui a bien plus de bonheur qu'il n'en mérite.

— Ça n'empêche, allez, mère ! Ce qu'on n'a pas mérité avant, on peut le mériter par la suite. Pas vrai, mam'selle Fifine ?

— Mais, monsieur Manuel, il me semble, au contraire à moi, que tout est mérité à qui mérite. Il ne faut pas croire que j'ai oublié que c'est à vous que je le dois, s'il n'est pas arrivé malheur à...

— Ah bah ! c'est bon, c'est bon ! Vous vous fichez bien de nous autres pauvres vieux, maintenant que vous avez votre affaire !...

— Mais, père ! père !

— C'est bon ! c'est bon ! Laisse-moi dire ce que j'ai à dire. Jeanne-Antoine !

— Quoi, Josillon ?

— Si nous faisions comme eux ?

La Jeanne-Antoine, encore complètement sous le coup de la surprise de tout à l'heure, relève brusquement vers Josillon sa figure livide comme un linge. Ses yeux tout grand écarquillés semblent devenir stupides. Ses lèvres s'agitent comme si elle allait rendre l'âme.

— Qu'est-ce que vous dites, Josillon ?

— Pardié ! je dis qu'il nous faut faire d'une pierre deux coups !

— ...Deux coups !...

— Pardié ! oui ; ce sera une noce de moins à faire !

— A faire...

— Oui, à faire !

— A faire quoi, Josillon ?

— Eh ! pardié donc ! notre noce à nous deux, Jeanne-Antoine.

Les deux jeunes gens, qui n'ont d'abord écouté qu'en souriant, commencent à comprendre que Josillon parle sérieusement. A cette découverte, ils se précipitent d'abord irrésistiblement dans les bras l'un de l'autre ; puis ils courent se jeter, les bras étendus, aux genoux des deux vieillards.

— Oui ! oui ! c'est cela ! Bravo ! père ! mon bon petit père ! Oh ! tout de même, quelle fameuse idée ! Oui, oui, pour le coup, c'est le bon Dieu qui s'en mêle ; c'est impossible autrement. Oui, plus qu'une noce ! plus qu'une famille ! Père ! mère Jeanne-Antoine !

La Jeanne-Antoine n'entend plus rien. Elle est étendue roide comme une barre de fer dans les bras de Josillon. Ses yeux se convulsent. Ses quelques dernières dents claquent les unes contre les autres avec une rapidité effrayante, et une sueur anxieuse commence à lui couler du front.

— Ah çà mais ! ah çà mais ! est-ce que c'est donc pour tout de bon, ma pauvre Jeanne-Antoine?

— Mon Dieu ! mon Dieu ! Sainte Vierge Marie ! Au secours ! Monsieur Manuel, donnez-moi vite la bouteille de vinaigre que voilà sur la crédence... là... près du saladier. C'est cela ! Versez vite, là, dans cette as-

siette. Bon. Maintenant, voici mon mouchoir. Là !
d'abord sur le front, sous le nez, sur les tempes.
Pauvre mère, va ! Pauvre, pauvre Jeanne-Antoine !
Mon Dieu ! je ne vois plus clair. Essuyez-moi donc
un peu ces larmes stupides. Là, encore un peu de
vinaigre. Jeanne-Antoine, ma mère ! oui, ma bonne
petite mère ! Ah ! mon Dieu ! mon Dieu ! si heureux
que nous étions pourtant tout à l'heure !

— Tiens, Fifine, il me semble que je la sens revenir. Il faut la mettre sur mon lit...

— Non, non, pas sur le vôtre ; sur le mien ! Attendez, je vais vite le découvrir, réplique la Fifine
d'un ton pudique.

— Ma pauvre mère ! pardon, excuse, Josillon ! Attendez, c'est moi qui vais la prendre. Tenez, voyez-
vous, comme ça ; elle ne pèse pas plus qu'un petit
enfant. Pauvre, pauvre mère ! Jamais de la vie je
ne l'ai pourtant vue ainsi, jamais de la vie !

— Posez-la là, bien doucement, M. Manuel. Un
peu plus haut sur le coussin. *Lasmoi* ! Ses pauvres
mains sont toutes froides. Mais c'est qu'aussi il faut la
desserrer. Allez-vous en, vous deux. C'est mon affaire !

La Fifine, redevenue tout à fait maîtresse d'elle-
même, dénoue en toute hâte les cordons de la
Jeanne-Antoine, qui bientôt se met à soupirer péniblement. La Fifine la débarrasse lentement de tout
ce qu'elle peut lui ôter sans la tourmenter, lui recouvre la poitrine avec le drap de lit, et s'incline sur
elle, comme une mère sur son enfant, aux aguets du

13

moindre signe. Bientôt la Jeanne-Antoine tourne
contre le jour ses grands yeux égarés et cherche à
étendre les bras, en s'écriant :

— Manuel !

— Monsieur Manuel ! Monsieur Manuel ! venez
vite! La voilà qui vous appelle !

— Me voilà, mère, ma pauvre mère !

— Où suis-je ?... Qui est-ce... tout ce monde ?

— Vous êtes chez vous, Jeanne-Antoine ! Oui,
chez vous pour toujours, dans le lit de votre Fifinet-
te, qui veut bien vous aimer, bien vous soigner.

— Ah ! c'est donc vous, Mam'selle Fifine ? Mais
ces rideaux, cette chambre ! Josillon... Manuel !...
où suis-je donc ? Mon Dieu ! mon Dieu !

La Jeanne-Antoine se soulève péniblement sur un
coude, regarde encore une fois autour d'elle avec
égarement et se met enfin à fondre en larmes, avec
des soulèvements de poitrine des plus violents.

Pendant que la Fifine s'ingénie à la consoler de
son mieux, Josillon, qui a regardé jusque-là, tout
interdit, tire Manuel par le bras en lui faisant signe
de le suivre.

— Pour le coup, la voilà sauvée ! Viens-t'en de
l'autre côté, Manuel. Pauvre femme, va ! Laissons-
lui couler sa lessive.

Malgré sa brutalité apparente, ce dernier mot de
Josillon n'en renferme pas moins une signification
pleine de pénétration et de sympathie. Assaillie à
brûle-pourpoint comme elle vient de l'être par les

deux rencontres les plus selon son cœur qui pouvaient lui advenir, il est tout simple que la Jeanne-Antoine n'ait plus été, à son âge, dans le cas de les accueillir d'un pied plus ferme. Il y a quarante ans, ni plus ni moins, qu'elle en avait dix-neuf, c'est-à-dire qu'elle était à l'âge où commencent à folâtrer les jeunes filles. Il y en a trente qu'elle s'est mariée comme elle a pu, et ces trente années n'ont été réellement tissues pour elle que de désappointements, de douleurs poignantes et de larmes répandues en secret.

Cette douce paix du ménage, basée sur l'économie, entretenue par le travail et embellie par les tendres affections du cœur, il y a quarante ans qu'elle les poursuit sans avoir jamais pu les atteindre. Au lieu de tout ce qu'elle avait rêvé peut-être, la pauvre femme, malgré toutes ses luttes ignorées et ses efforts, n'a en fin de compte trouvé de refuge que dans une résignation bien souvent proche parente d'un complet désespoir. Elle a été obligée de *faire la croix*, comme elle le dit parfois, sur ce qui donne à la vie son charme, son prix, sa couleur et sa force ; et voici que tout cela maintenant, tout ce qu'elle aurait pu ambitionner de plus magnifique dans ses instants de prétentions les plus audacieuses, vient de s'offrir brusquement à elle, sans qu'elle ait pu s'y préparer le moins du monde, à un âge, hélas ! où elle croyait n'avoir plus qu'à mourir.

Certaines natures semblent tellement avoir été créées et mises au monde exclusivement pour souffrir, qu'un retour si subit du sort peut quelquefois leur devenir plus funeste qu'un nouveau surcroît d'infortune. Tel ne sera heureusement pas, pour cette fois-ci, le cas de la Jeanne-Antoine ; seulement toutes les joies dont elle a été sevrée, elle vient de les entrevoir ramassées pour ainsi dire dans sa main comme un capital augmenté depuis quarante ans de tous les intérêts annuels qu'elle n'a pas reçus, et elle n'ose serrer cette main. Les larmes qu'elle a refoulées si longtemps viennent de rompre enfin leur digue malgré elle, et se mettent à ruisseler à flots. Voilà ce à quoi pensait tout-à-l'heure Josillon dans son âme quand il disait à Manuel : Laissons-lui couler sa lessive.

Oui, lessive, en effet, de tout un passé d'amertumes et de souffrances ; lessive de la misère et des nombreuses oppressions du cœur. Il n'y a certes pas là grand dommage. Il faut toujours faire peau neuve pour entrer dans une vie nouvelle. C'est la loi de la nature, et la Jeanne-Antoine ne saurait y échapper.

Aussitôt qu'elle a pleuré toutes les larmes de son corps, elle retombe lourdement sur le coussin et s'endort du plus profond sommeil. La Fifine, brisée de fatigue et d'inquiétude, peut enfin respirer à l'aise. Elle ferme doucement les rideaux blancs de sa couchette et se retourne en promenant ses yeux sur le plancher, où elle voit reluire sur les planches de sapin l'empreinte des fers des bottes de Manuel.

Une fois sortis de la chambre, Josillon et Manuel, ne trouvant rien de mieux à faire, se sont mis à découper la poule.

— Eh bien, voyons maintenant, toi, comment trouves-tu mes pommes de terre ?

— Quelles pommes de terre, Josillon ?

— Pardié.donc ! celles de ma lettre...

— Ah ! celles-là ! tenez, Josillon, c'est-à-dire, non, tenez, père, je puis bien vous dire déjà père, n'est-ce pas ? eh bien ! donc, père, voyez-vous, voilà mes deux bras. Quand vous voudrez que je m'ouvre pour vous les deux veines, tenez, il ne faudra pas vous gêner, voyez-vous : vous n'aurez qu'à le dire..

— Qu'est-ce que tu veux que j'en fiche, de tes deux veines ? Est-ce que tu crois que je vais me mettre marchand de boudin ?

— Non, père, voyez-vous, il ne s'agit pas de ça ! Jamais de la vie ! C'est seulement pour vous dire, voyez-vous, j'ai le coffre solide, moi, allez. Si je peux vous rendre un peu de bien, pour tout celui que vous avez fait à ma vieille mère, ayez pas peur ?

— Ta vieille mère ! ta vieille mère ! Pardié ! elle n'est pas plus vieille que moi ; ainsi il me semble que tu n'as déjà pas tant à dire. Mais il ne s'agit pas de ça, maintenant. Soigne ta femme, je soignerai la mienne. Seulement, à présent que voilà les affaires emmanchées, voyons un peu ton idée. Voyons,

13.

tire-moi ça au clair : car je t'avoue que je n'y ai pas compris grand'chose.

— Eh bien ! donc, enfin, père, c'était donc pour vous dire. Je suppose. Voilà que j'ai l'adjudication du balayage. Eh bien, ça me fait huit à neuf cents francs de gagnés par an, quoi ! le revenu de la ferme. Pour ça j'aurais à aller ramasser deux ou trois fois par semaine, le long des rues, les tas de crasse que les gens sont obligés de balayer eux-mêmes devant chez eux. Pour faire ce commerce-là, qu'est-ce qu'il me faut? Mes deux bœufs, ma voiture, une pelle et un balai..

— Oh ! tu ne peux pas faire cela tout seul... Il te faut quelqu'un pour garder les bœufs. Pardié ! s'ils allaient prendre le mors aux dents !

— Il n'y a pas de danger. D'ailleurs, au besoin, ma mère est là pour un coup.

— Ferez pardon. Pour quant à la Jeanne-Antoine, je te dirai, mon cher, qu'elle ne te regarde plus, et que moi non plus je ne veux pas que ma femme aille ainsi par les rues...

— Eh bien, puisque c'est que ça, je ferai tout seul.

— Mais c'est impossible, que je te dis...

— Eh bien, pour lors, je prendrai quelqu'un pour m'aider.

— Pardié, oui ! tu as attrapé la coupe ! Un laquais par devant et un laquais par derrière, ça ne ferait pas mal !

— Mais, père, on trouvera toujours bien moyen de s'en tirer.

— Ah ça, dis donc, grand Nicodème, pour qui me prends-tu, moi, donc?

— Eh bien, père, si vous voulez en être, tapez-là, je ne demande pas mieux. Pour lors, vous comprenez, je cherche un petit coin, par là, au faubourg, où j'entasse toutes mes marchandises pendant l'année; puis en automne, avant la neige, j'emmène tout cela là-haut sur nos champs, qui donneront ensuite de l'herbe *tant qu'a la brousse* en quantité.

— Oui, mais comment est-ce que tu emmèneras tout cela là-haut! Est-ce par la malle-poste ou par le télégraphe?

— Père, quand je vous ai dit que j'avais mon idée. Pour quant à cela n'ayez pas peur.

— Enfin, soit! Mais tes bœufs, qu'est-ce que tu en vas faire par ici? Comptes-tu les faire coucher sous ton lit?

— Pour quant aux bœufs, voyez-vous, père, j'ai pensé à votre petite cour qui donne sur la place de Saint-Maurice et qui ne vous sert à rien comme cela. Parbleu! ce sera bientôt fait d'y bâtir une écurie, que je me suis dit.

— Mais elle est à peine large comme un confessionnal, cette cour. Tu seras obligé d'y mettre tes deux bœufs l'un sur l'autre.

— Oh! que non! je suis sûr qu'elle a plus de trois mètres de large.

— Oh ! quant à ça, je ne dis pas.

— Eh bien, alors, vous voyez donc bien ! Ainsi donc, père, voilà notre budget tout clair. Je gagne huit à neuf cents francs avec le balayage ; vous, vous en gagnez quatre cents avec vos vignes ; nos champs de là-haut nous donnent un peu de blé et presque assez de foin pour nourrir les bœufs. La Fifine continue à gagner ses trois à quatre cents francs avec son aiguille...

— Oui, mais si la Jeanne-Antoine n'était pas là pour la remplacer dans les soins du ménage, où est-ce qu'elle les prendrait, ces trois ou quatre cents francs avec son aiguille ? Et s'il arrive un moutard ? Ha ! ha ! tu vois bien que la Jeanne-Antoine ne sera pas de trop. Elle avait, ma foi, bien raison de dire que tu n'entends rien au ménage.

— Enfin, père, ça n'empêche. Mes huit cents francs, vos quatre cents francs, et les quatre cents francs de la Fifine, savez-vous combien ça fait ?

— Pardié ! huit et quatre font douze ; douze et quatre font seize ; ça fait mille six cents francs, donc !

— Oui, mille six cents francs, sans compter le loyer de notre petit logement de là-haut. Croyez-vous qu'il y a bien des gens à Salins qui soient logés à pareille enseigne ?

— C'est pas là l'embarras, tout de même. Eh bien, tiens, puisque c'est ça ; attends-moi là, je vais encore chercher une bouteille de 34.

Nous sommes au 1ᵉʳ juillet. Manuel a son adjudication de balayage en poche au prix de huit cents francs. C'est Josillon qui lui a servi de caution. Il doit entrer en fonction le 1ᵉʳ août. L'écurie des bœufs se prépare. Le petit logement de Villeneuve a été loué pour quarante francs sans écurie ni grenier à un cantonnier. Reste à savoir si on veut faire un contrat ; puis, après viendra la publication des bans, puis enfin, la double noce. Par égard pour la Jeanne-Antoine, on a décidé qu'on irait se marier à Villeneuve.

— Eh bien maintenant, le contrat, dit Josillon. Comment allons nous le bâcler ?

— Oh ! pour le contrat, père, vous êtes bien le maître.

— Comment, je suis bien le maître ? Ça n'est pas vrai, je ne suis pas le maître. Il faut d'abord savoir s'il nous en faut un ou deux, ou même point du tout. Tu vois bien que je ne suis pas le maître. Il y a si longtemps que j'ai passé par là, moi, que je ne m'en rappelle pas plus que de ma première chemise. Il nous faut aller chez le notaire ; il expliquera les choses. Allons, madame Clairet, donnez le bras à votre époux. Et maintenant, par file à gauche, en avant, marche !

— Ha ! monsieur le notaire, j'ai bien l'honneur de vous rendre mes devoirs.

— Monsieur Clairet, je suis bien votre serviteur. Qu'est-ce qu'il y a pour votre service ?

— Pardié! monsieur le notaire, nous ne venons pas vous apporter des capitaux à placer, vous les avez bien; nous venons pour une affaire de contrat de mariage.

— Ah! très-bien, très-bien. Et qui est-ce qui se marie ici, monsieur Josillon?

— Tout le monde, monsieur le notaire.

— Comment, tout le monde?

— Eh! pardié oui.

— Ah! c'est parfait!

— Pardié oui! monsieur le notaire. Nous deux la Jeanne-Antoine que voilà, nous avons eu l'idée de profiter de l'occasion, quoi! Que diable voulez-vous qu'on fasse? Quand une fois ces deux gaillards-là seront à leur quenouille, nous aurions tout de même été bien bêtes de nous ennuyer chacun dans notre coin tout seuls, tandis que nous pouvons encore nous ravigoter ensemble!

— Ah! c'est très-bien, c'est très-bien, monsieur Clairet.

— Pardié oui! monsieur le notaire.

— Et quelles sont vos dispositions réciproques, monsieur Clairet?

— Pardié, monsieur le notaire, quant à moi et à la Jeanne-Antoine, vous entendez bien, nous ne demandons rien à personne. Nous voudrions seulement, je crois, tout donner à ces deux-là. Ils n'ont qu'à tout prendre pour eux, et à nous donner la becquée quand nous aurons faim. Ce ne sera qu'un rendu. Nous la leur avons donnée assez longtemps, à eux, la becquée. D'ailleurs, une fois qu'ils auront tout, s'ils nous chassent, ça ne tiendra bien qu'à eux. Nous prendrons pour lors la giberne de saint François, et nous irons chercher notre vie par les portes... Aïe, dis donc, toi, Fifine, une autre fois, quand tu voudras me pincer, tâche de pas serrer si fort, entends-tu?

— C'est bien fait !

— Oh ! monsieur Clairet, vous n'avez pas besoin de vous préoccuper de cela, n'est-ce pas, mademoiselle ?

— Oh! que sait-on, monsieur le notaire? quand ce ne serait que pour le punir de dire des choses comme ça.

— Hein ! voyez-vous, monsieur le notaire, qu'il est bon de prendre ses précautions?

— Oui, mais une fois que vous vous serez complétement dépouillé, monsieur Clairet?

— Eh bien, pardié ! pour lors je ne serai pas gêné dans mes habits...

— Ah ! c'est juste ; mais si vous voulez faire un contrat, vous ne pouvez le faire que conformément à la loi.

— Oh ! bien entendu monsieur, le notaire. La loi ! je ne connais que ça, moi.

— Alors, si vous connaissez la loi, monsieur Josillon, vous devez savoir comment elle règle les donations de parents à enfants?

— Ah ! pour quant à ça, non ; je ne le sais pas du tout.

— Eh bien, si vous ne connaissez pas ces articles de la loi, je vais vous les lire.

— Eh bien oui, Monsieur le notaire, si c'était un effet de votre bonté?

Le notaire lit le chapitre *des Donations.*

— Avez-vous bien compris, Monsieur Clairet?

— C'est-à-dire, Monsieur le notaire.... pas très-exactement.

— Eh bien, alors, ayez la bonté de m'écouter un instant, je vais vous expliquer tout cela. Voyez-vous, voici ce que c'est.

— Eh bien oui, Monsieur le notaire; je crois que ce ne serait pas de trop. Attention, toi, Manuel; tâche d'ouvrir tes lucarnes.

Au milieu des explications du notaire, arrive bientôt la prévision hypothétique d'enfants du second lit.

— Ah! pardié! c'est fichtre vrai, ça! Eh bien oui, les enfants du second lit, qu'est-ce que nous allons en faire de ceux-là, Jeanne-Antoine? Je n'y avais pas encore pensé, moi!

— Ah! que voulez-vous bien ne pas causer de cela si haut!

— Oh! pour quant à cela, Josillon, c'est-à-dire, père, voyez-vous, ne vous mettez pas en peine : c'est moi qui m'en charge.

— Oh! pardié! toi, tu es toujours là pour dire : *Amen!* Enfin, voilà, quoi! A la garde de Dieu. Quand nous nous marierons une autre fois, Jeanne-Antoine, nous dresserons mieux nos quilles!

Le notaire, qui est déjà en train de rédiger le contrat, relève un instant la tête.

— Soyez sans inquiétude, Monsieur Josillon. Le cas est prévu par l'article 843 du code civil. Cela ne vous empêche pas de disposer, vous et votre dame, en faveur de vos enfants respectifs du premier lit, comme vous l'entendez.

— Ah! Dieu soit loué, Monsieur le notaire. Voilà un article que j'aime mieux que l'article de la mort. Il me tire une fameuse épine du pied !

— Mesdames, venez signer.

Les joies les plus complètes ont toujours quelques vilains revers. La Jeanne-Antoine s'en aperçoit bientôt. Il n'y a pas eu moyen de faire une petite place pour sa vache dans l'écurie de la place de Saint-Maurice. D'ailleurs, une vache de plus à nourrir nécessiterait un magasin à fourrage tel qu'il n'est pas aisé de les avoir en ville. Xavier, le voisin de la Jeanne-Antoine, s'étant offert à acheter la Bouquette, la Jeanne-Antoine se résigne, mais sous la condition formelle qu'on la soignera bien, et qu'on ne s'en défera pas sans lui en donner avis d'avance. Dans le fait, la vache de la Jeanne-Antoine est une superbe bête. Ses deux cornes, pointues comme des aiguilles, se cambrent avec une grâce parfaite des deux côtés de la tête. Une magnifique étoile blanche orne le milieu de son front. Ses oreilles frangées de longs poils touffus se dressent à tout venant comme celles d'un lièvre aux aguets. Ses yeux et ses naseaux respirent à la fois on ne sait trop quelle char-

mante coquetterie sauvage. Elle a la jambe fine
comme celle d'une biche, et cependant son fanon
pend à son cou comme un superbe jabot. Ses flancs
sont vastes et forts, son poil luisant et doux, ses
cuisses intactes de toute souillure. Son pis a réellement quelques airs de corne d'abondance. Quand
elle se trouve à la crèche avec les deux bœufs de
Manuel, si fatigués, si mornes, si couverts de la
poussière funeste des grandes routes, le contraste
devient des plus frappants. On dirait une précieuse
bien nippée, à table avec deux pauvres casseurs de
pierre. Elle se donne souvent alors à leur égard des
petits airs de suffisance et de mépris, comme si elle
savait fort bien les pauvres bêtes incapables d'être
jamais autre chose que les oncles de ses veaux.

— Allons, va-t'en, pauvre Bouquette. Ils auront
bien soin de toi aussi, va ! Et puis, moi, je reviendrai
te voir.

La Bouquette, qui n'a encore que la moitié du
corps hors de l'étable, pour toute réponse se met à
beugler en agitant la queue.

La vache une fois casée, il ne reste plus que la
poule. C'est la seule et unique de la Jeanne-Antoine;
mais elle prétend qu'elle fait des œufs comme quatre,
et Josillon prend lui-même parti pour elle. Il est décidé qu'elle deviendra salinoise.

— Toujours autant de sauvé, pense à part elle la
Jeanne-Antoine. Quant au reste du mobilier, il n'y
a pas besoin de s'y prendre tant à l'avance. Une

seule voiture emmènera facilement le tout d'un seul voyage. Mais auparavant il faut bien que la noce se fasse.

Le beau temps est revenu pour les foins de la montagne. La récolte a été superbe. Le grenier à foin de la Jeanne-Antoine est plein comme un œuf. Les blés et les avoines finissent de mûrir. Comme il ne pleut plus depuis quinze jours, l'air devient lourd ; la terre des sentiers se gerce en mille et mille crevasses. Les mouches tourmentent les bestiaux, et le soir, quand du haut du village on se met à regarder, dans la direction du Chalème, le soleil couchant, on ne sait vraiment plus si l'on est à Villeneuve ou en Afrique, tant le ciel et la terre semblent tous deux chauffés à blanc.

Josillon, lui aussi, a fini de rebiner et d'ébourgeonner ses vignes. Entre foins et moissons, on peut faire la noce tout à l'aise.

C'est la Fifine qui a pourvu et avisé à toutes les toilettes, mais avec la réserve qui convient à des gens qui ne veulent pas s'endetter.

Josillon en a été quitte pour un chapeau et un gilet. Son pantalon bleu est encore tout bon, et il n'y a pas eu moyen de le faire renoncer à son habit à queue de morue. C'est avec cet habit-là qu'il s'est marié la première fois, il y a trente ans. Il ne voit pas pourquoi il en changerait cette fois-ci, et prétend même que si dans trente ans il faut recommencer, il n'aura alors non plus pas d'autre habit, si Dieu lui prête vie. — Est-ce à lui, ou à l'habit qu'il entend que Dieu prête vie? Il n'y a pas moyen de le faire s'expliquer plus clairement.

Pour la Jeanne-Antoine, elle a de toute éternité sa belle robe de drap vert. Avec un beau grand tablier de soie toujours à bavette, et un joli bonnet neuf façonné par la Fifine, puis une paire de gants de soie noire, la voilà prête.

Quant à Manuel, on lui a acheté, à lui, un pantalon de drap noir qu'on a eu soin de faire assez grand pour qu'il recouvre convenablement la botte par le bas. Un beau gilet de soie à fleurs, une cravate de taffetas, une belle chemise de toile fine, qui a été cousue par la Fifine en personne, et qui ne bâille plus sur la poitrine, et des gants de coton blanc pas chers, voilà son affaire. Il n'a pas besoin de veste ni d'habit, par la bonne raison que la veste qu'il a été obligé d'acheter après la bataille du quillier de Villers est encore comme toute neuve.

La Fifine, elle enfin, ne veut pas d'autres suppléments de toilette que sa petite bague d'or, et sa couronne d'oranger. Elle a sa robe blanche de la Fête-Dieu, et le petit voile de mousseline claire que lui avait donné sa mère à l'époque de sa première communion. Qu'a-t-elle besoin d'autre chose? Le bonheur immense dont son âme est pleine ne sera-t-il pas son plus bel ornement?

A quatre heures du matin, Manuel arrive au Matachin avec son char-à-banc découvert traîné par une grosse jument qu'il est parvenu à découvrir dans son village. On installe derrière le char-à-banc un grand baril de soixante litres que Josillon a rempli à son tonneau de vin de Chauvirey. On fourre dans le coffre toutes sortes de petits paquets, parmi lesquels se trouve celui de la robe blanche. Josillon s'assied sur la banquette de manière à surveiller son baril. La Fifine fait monter sa fille d'honneur à côté de son père et prend pour elle la troisième place, de manière à être tout à l'heure aussi près que possible du cocher. Quand les jeunes filles ont bien secoué leurs bras, bien rattroupé leurs jupes autour de leurs mollets, et que Josillon a pincé deux ou trois fois la cuisse de sa voisine, pour savoir, dit-il, si sa robe est bien doublée, Manuel prend les rênes, s'établit à l'avant, sur la botte de paille qu'il a eu soin d'y attacher, et les voilà partis dans la fraîcheur du matin.

Une fois qu'on est en route, la Fifine ne tarde pas à glisser sa main dans celle de Manuel, à qui elle donne des distractions qui pourraient devenir compromettantes pour sa réputation de voiturier, si la jument n'était fort heureusement d'un âge où on ne *bézille* (cabriole) plus. De temps en temps Manuel se retourne complétement sur lui-même du côté de son personnel. On voit qu'il n'a pas peur aujourd'hui d'attraper un torticolis.

14.

Arrivé au Trou de l'Enfer, c'est-à-dire vis-à-vis les rochers de Creux-Lague, où autrefois il a jeté ses bottes, il ne peut s'empêcher de sourire à part lui d'un certain air qui provoque la curiosité de son monde. On le presse pour en savoir la cause, et après bien des *compliments* il se met à raconter la fameuse histoire, au milieu des éclats de rire de son joyeux auditoire. Il est cinq heures du matin. On arrive à Cernans. Manuel aperçoit de loin un homme qui se lave au goulot de la fontaine. Tout à coup l'homme se retourne et Manuel reconnaît le maréchal. Comme il s'est complétement acquitté auprès de lui depuis quelques jours, il sourit désormais sans arrière-pensée aux baisers que le maréchal envoie sur le bout de ses doigts noirs à la Fifine qui rougit.

Près de l'Entrepôt de Dournon, là-bas, sur la gauche, à une portée de fusil de la route, on aperçoit les cheminées du village qui commencent à fumer. Les bestiaux vont à la fontaine en agitant leurs clochettes, et les gens nettoient pendant ce temps-là les étables, si l'on en juge par le maltras fumant qu'ils apportent à la civière, sur les tas de fumier déjà énormes qu'on voit devant les maisons. Dans la plaine, les blés jaunissants ondoient comme un lac au souffle de la brise matinale, qui fait frissonner aussi le feuillage des frênes de la route.

De loin en loin on entend une caille qui s'éveille dans les avoines, tandis qu'en haut dans les airs, les alouettes s'égosillent déjà depuis le point du jour. Au fond du tableau se dresse la cime de Mont-Mahoux, déjà tout ensoleillée du côté de l'orient ; puis voilà tout à coup qu'on voit apparaître au-dessus de la côte la grande figure du soleil levant.

La Fifine sent ses yeux s'humecter malgré elle. Elle ne sait si cela vient de l'émotion de son cœur ou de la fraîcheur du matin. En tout cas, elle serre de toutes ses forces la main de Manuel qui cherche à velouter autant qu'il peut cette main calleuse pour répondre dignement à cette étreinte. Le voici au bois du Chalème. Les glands verts pendent aux branches des grands chênes, d'où le bruit de la voiture fait partir les geais criards. Les chardons fleurissent dans les fossés de la route, et l'on commence à rencontrer des pièces de marine qui descendent à Salins.

Au-dessus de la côte, c'est-à-dire à la limite des deux départements, le Jura et le Doubs, encore ce petit *cret* là-bas à franchir, et on apercevra Villeneuve.

— Ah ! enfin... nous y voilà ! Père, voyez-vous là-bas Villeneuve ? Tiens, Fifine, vois-tu là-bas cette fumée qui sort d'une cheminée qu'on dirait à fleur de terre ? Je parie que c'est ma mère qui fait déjà cuire sa marmite de riz.

— Mais, Manuel, qu'est-ce que c'est donc cette grande ligne noire qu'on voit là-bas... dis ?

— Cette grande ligne noire ? Parbleu ! c'est les sapins, ma petite !

— Jeu ! c'est les sapins !

Aux premières maisons du village, on aperçoit Coulas Bousson dans ses habits de fête. C'est lui qui doit être le garçon d'honneur. Sitôt qu'il reconnaît la voiture, on voit partir de ses mains deux coups de pistolet ; puis il accourt au-devant de la jeune épouse, auprès de laquelle il prétend entrer en fonction tout de suite, en la forçant à descendre pour venir lui donner le bras. La Fifine s'exécute de bonne grâce.

Sur les portes de toutes les maisons, les jeunes filles viennent guetter la nouvelle arrivée, en souriant d'un air de dépit :

— Ah ! pardié ! ce n'est que ça ! Il avait, ma foi, bien besoin de tant faire ses embarras ! Ah ! pardié ! le voilà bien refait !

— Il paraît qu'ils ne sont pas seulement dans le cas de se procurer une voiture à Salins, ces gens, puisque ce gros bête de Manuel est obligé d'avoir recours à celles de Villeneuve !

Josillon, lui, n'a pas de garçon d'honneur. Il prétend désormais ne plus donner le bras qu'à la Jeanne-Antoine, qui n'a plus besoin non plus d'un autre appui que le sien.

Comme la chambre de la Jeanne-Antoine est trop petite pour contenir aujourd'hui tout son monde, on a dressé avec des planches une grande table dans la grange du voisin Xavier. Les deux *boudzons* (tas) de foin nouveau forment toute la décoration de cette salle. Coulas Bousson a eu cependant la précaution d'orner le cintre de la porte de la grange de magnifiques branches de sapin. Au milieu de la table on voit pendre des *ébauches* (1), quatre couronnes de fleurs naturelles au bout de quatre grandes ficelles. A droite et à gauche de la grange de Xavier se trouvent des étables. Dans l'une sont ses dix vaches, au nombre desquelles est maintenant la Bouquette, et dans l'autre ses six bœufs. Ces pauvres bêtes sont fort intriguées, depuis le matin, des arrangements insolites de la grange ; aussi, à chaque trou des nœuds de sapin qui ont abandonné leur planche, est-on sûr de rencontrer un gros œil qui guette ou un gros naseau qui souffle.

Manuel détache le baril de vin et l'emporte dans ses bras sur un chevalet au fond de la grange, où Josillon ajuste au ventre de ce baril un petit robinet qu'il a eu soin d'apporter avec lui dans sa poche. Manuel n'a invité à la noce que six de ses anciens amis de voiturage, et la Jeanne-Antoine autant de vieilles femmes.

Le double mariage terminé devant le maire, on se rend à l'église au bruit d'une nouvelle décharge de pistolet. Coulas Bousson, qui a transmis ce dernier soin à un autre, ouvre partout la marche avec la Fi-

(1) La partie de la grange qui lui sert de plafond.

fine, en frisant toujours de son mieux le bout de sa moustache.

Bientôt les deux couples vont s'agenouiller au pied de l'autel. Le curé s'avance pour réciter sur eux la première partie des prières d'usage; après quoi il retourne continuer son office. En ce moment le maître d'école apporte une nappe, dont il donne un bout à Coulas Bousson en lui faisant signe de l'étendre, de concert avec lui, sur la tête des quatre époux. On prétend, dans nos pays, qu'il n'y a pas de bon ménage possible, si, à ce moment solennel, on ne heurte pas l'une contre l'autre la tête des époux. Josillon, qui sait la chose sur le pouce, commence à se demander à quoi pensent donc Coulas Bousson et le maître d'école, qui ne font pas mine de s'en souvenir. Il les regarde alternativement l'un et l'autre, puis, quand il voit qu'il n'y a plus rien à attendre d'eux, il se met à donner brusquement de la tête à droite et à gauche, comme un bélier, contre les têtes de la Fifine et de la Jeanne-Antoine entre lesquelles il se trouve, de manière à faire carambolage jusqu'à l'épaule de Manuel. Les deux pauvres femmes qui ne s'attendaient à rien regardent Josillon tout ébahies, pendant que l'assistance, qui a parfaitement deviné l'affaire, se tord le ventre de rire au bas de l'église. Le maître d'école n'ose plus lever les yeux de peur d'éclater en rencontrant ceux de Coulas Bousson, et le curé lui-même est obligé de se mordre les lèvres quand il se retourne,

pour conserver le calme que réclame la circons-
ance.

La messe finie, Manuel entre enfin en possession
officielle de la Fifine, qui se pend à son bras pour
aller signer à la sacristie l'acte de mariage religieux,
comme elle a signé tout à l'heure à la mairie l'acte de
mariage civil.

Au sortir de l'église, la Fifine tressaille de nouveau
au bruit du pistolet. La table est prête dans la grange
de Xavier. Comme on a été obligé de faire un peu
es choses à l'économie, le service n'est pas fort
compliqué. Vingt couverts garnissent le tour de la
table. Devant chaque couvert on aperçoit une blanche
assiette à soupe pleine de riz qui fume encore un
peu. Aux deux bouts de la table surgissent deux piles
de gâteaux, puis viennent deux jambons fumés,
deux gigots de mouton rôtis au four, et un énorme
saladier en clef de voûte au milieu de ce joyeux ensemble. Six bouteilles seulement ont l'air de monter
la garde le long de la table, mais le baril est là pour
tranquilliser les gosiers *égrêlis* (1). Le foin nouveau
jette à travers tout cela ses odeurs saines et forti-
fiantes. Les couples prennent place sous les couronnes apprêtées pour eux, et la cérémonie commence. Coulas et Manuel ont l'œil à tout.

A l'instant où tout le monde est encore occupé à
manger, la Jeanne-Antoine fait signe du doigt à

(1) Altérés ; se dit d'un tonneau qui coule.

la Fifine qui est assise vis-à-vis d'elle, de l'autre côté de la table, puis elle va ouvrir un des volets par lesquels on donne à manger aux vaches, et la belle tête de la Bouquette s'avance comme à une fenêtre.

— Tenez, Fifine, il faut pourtant que vous fassiez aussi connaissance avec notre Bouquette. N'est-ce pas, que c'est une belle bête ?

— Oh ! elle est superbe ! Attendez, mère, je vais lui donner un morceau de gâteau ; il faut bien qu'elle fasse aussi la noce.

La Bouquette, qui semble avoir compris, suit des yeux la Fifine. Aussitôt que celle-ci lui présente le gâteau, elle sort de sa bouche une langue longue comme le bras et déjà retroussée par le bout d'un air de convoitise. La Fifine effrayée pousse un cri et laisse tomber le gâteau.

— Oh! mon Dieu ! Fifine, n'ayez donc pas peur : c'est comme on dit des fois, allez ! c'est une bonne bête qui ne ferait pas de la peine à un enfant. Regardez plutôt, comme elle me lèche. Tenez, je vais fourrer ma main jusqu'au fond de sa gorge, si vous voulez ; elle ne me fera point de mal. Hein ! avez-vous vu? Eh bien, maintenant, donnez-moi le gâteau.

La Jeanne-Antoine tend le gâteau à la Bouquette qui l'absorbe d'une seule bouchée, à la barbe de ses deux voisines, qui essaient aussi de passer leur gros nez à travers la palissade de leur *caboulot* (compartiment).

— Allons, allons, Mesdames, en place, s'il vous plaît ! Nous allons boire à la santé des mariés !

La Jeanne-Antoine referme le volet et reprend sa place ainsi que la Fifine. Les bouteilles sont déjà retournées bien des fois au baril. Le vin de Chauvirey fait son effet, et les cœurs s'épanouissent à l'avenant, chacun dans la direction de la nature, c'est-à-dire les vieilles femmes autour de Josillon, et les jeunes *nociers* à l'adresse de la fille d'honneur et de la Fifine.

Jamais Josillon ne s'est vu entouré d'autant d'attentions féminines.

— Ah çà ! mais, se dit-il en souriant dans sa barbe, j'ai vraiment tout l'air ici d'un cordonnier *en vieux*.

Mais voilà que tout le monde a rempli son verre, Coulas Bousson se lève :

— Messieurs ! Mesdames ! nous allons boire à la santé des époux.

A peine a-t-il fini de parler qu'un énorme coup de pistolet part sous la table. Deux ou trois des vieilles femmes, déjà passablement émues par le vin de Chauvirey, tombent à la renverse. Tout le monde, étourdi d'abord, se remet de sa frayeur et part d'un éclat de rire. Les bravos et vivats se suivent en feu de file. Plus le baril se vide, et plus les langues s'animent.

Dès que l'animation est arrivée au point où l'on ne peut plus s'apercevoir de leur sortie, Manuel et Josillon s'échappent pour aller finir de charger la voiture de bagage. On met les bois de lit et les buffets d'abord; dans le fond des échelles de la voiture, puis la literie, les menus détails du ménage, puis enfin la *filette* et la quenouille de la Jeanne-Antoine. Derrière les buffets, on voit saillir les tuyaux de tôle du fourneau dont les marmites pendent par l'anse à la queue de la voiture. La poule est par-dessous, dans un panier couvert attaché en civière. A l'avant, est réservée une place entre la table et le bois de lit pour la fille d'honneur, la Jeanne-Antoine et la Fifine. Voilà la maison vide et la voiture prête. Josillon et Manuel rentrent à la grange pour vider au reste le tonneau, en buvant le coup de l'étrier. En les voyant reparaître, la Fifine respire enfin plus à l'aise, à l'espoir de pouvoir échapper bientôt à ce vacarme si nouveau pour elle. Dans le fait, les heures ont marché depuis ce matin, et voilà le soleil qui baisse.

— Allons! allons! Au revoir, les gens! Il faut partir...

— Au revoir! Jeanne-Antoine! Manuel! Josillon! Madame Fifine!

— Au revoir, tout le monde! Bien des pardons, Xavier, pour tous les maux que nous vous avons donnés et pour tous vos ustensiles que nous vous laissons là en désordre. N'oubliez pas de venir nous voir quand vous descendrez à Salins, et puis, soignez bien la Bouquette, au moins !

La Fifine, la Jeanne-Antoine et la fille d'honneur sont hissées l'une après l'autre sur la voiture. Josillon va chercher son tonneau vide, et Manuel ses deux bœufs. Dsaillet ouvre des yeux tout surpris en voyant tant de monde. Manuel, qui s'en aperçoit, s'imagine qu'il est tout confondu d'avoir si mal prophétisé autrefois dans son fameux discours de la place de Saint-Maurice. Voilà les bœufs en flèche, on s'embrasse une dernière fois au bruit d'une nouvelle décharge de pistolet, et les deux couples, les hommes à pied et les dames sur la voiture, se mettent en route pour Salins. Manuel marche en avant, Josillon suit la voiture. Ils ont tous deux le cœur et la tête trop remplis pour avoir quelque chose à se dire. Sur la voiture, la Fifine tient les mains de la Jeanne-Antoine tendrement pressées dans les siennes. Ni l'une ni l'autre non plus ne sont en train de parler.

Les voilà bientôt revenus au-dessus du Chalème. Toute la plaine de Dournon se déroule devant eux avec sa route blanche, le long de laquelle s'éparpillent quelques maisons ; la plaine de Dournon, avec ses moissons jaunes, son village groupé ici sur la droite à l'ombre de quelques grands frênes ; ses vaches rouges au large des pâtures, ses landes hérissées de pointes de rochers, de buissons, de noisetiers

et de tiges de gentianes, et enfin son ancien entrepôt
de sel dont la vaste toiture, pareille à la carcasse
d'un grand vaisseau renversé sur le port, s'aperçoit
ici de partout ; puis au fond de tout cela, sur la ligne
de l'horizon, le clocher de Cernans dressant sa morne
silhouette dans le ciel illuminé par le soleil couchant.

C'est là-bas, dans la direction de la lumière, que
Salins se cache entre les sinuosités de ces montagnes. C'est là-bas que ces quatre braves époux vont
enfouir leur modeste et paisible bonheur. Il semble
que le bon Dieu ne retarde en ce moment le coucher
de son soleil que pour leur témoigner plus longtemps
combien il est content lui-même de la bonne journée qu'ils viennent de faire.

V

PAUVRE DSAILLET

Le lendemain, en s'éveillant, Josillon se retourne vers la Jeanne-Antoine et lui demande :

— Eh bien, Jeanne-Antoine, comment avez-vous dormi ?

— Très-bien. Josillon, très-bien !

— Pardié ! je le savais bien, moi. Ce n'est pas étonnant. Dans un lit grand comme une caserne. Et ces autres, là-bas, qu'est-ce qu'ils sont devenus ? Manuel ! Holà hé ! Manuel !

Personne ne répond.

— Manuel ! dors-tu ?

— Non, père ! Il y a longtemps qu'il est parti pour aller soigner les bœufs. Est-ce que vous ne l'avez pas entendu passer ?

— Non, il paraît que je dormais. Oh bien ! Dieu soit loué ! il ne s'endort pas sur le rôti, celui-là !

— Pardié ! père... c'est que c'est le premier jour du balayage, aujourd'hui...

15.

— Ah ! c'est fichtre vrai ! Il faut que je me lève aussi, alors ; il n'y a pas à dire !

Une demi-heure après, Josillon se promène le long des rues en agitant continuellement sa grosse sonnette de balayeur, comme c'est la coutume à Salins, afin de rappeler aux ménagères à trop courte mémoire que dans une heure la voiture viendra ramasser les tas d'ordures que chacun est obligé, sous peine d'amende, de tenir prêts devant chez soi.

— Quel diable de métier est-ce que tu fais donc là maintenant, Josillon ?

— Il n'y a pas de sot métier, répond Josillon sans interrompre sa sonnerie, il n'y a que de sottes gens.

Quand il arrive devant la porte des personnes qu'il n'aime pas, Josillon se met à sonner de manière à casser sa sonnette.

— Pourquoi sonnes-tu donc si fort, Josillon ; crois-tu que les gens sont devenus sourds ?

— Euh ! que tu es bête ! Je fais du son pour amuser les ânes.

Josillon semble porter quelque chose de caché sous sa veste.

— Qu'est-ce que vous avez donc là-dessous, Josillon ? lui demande la Jeanne-Antoine en le voyant rentrer.

— Ce que j'ai là-dessous ? pardié ! regardez vous-même ce que j'ai là-dessous, gens sans cœur et sans cervelle que vous êtes tous !

— Jeu... C'est un coq, ma foi !

— Eh ! pardié oui ! c'est un coq, et que je viens d'acheter au marché, encore. Croyez-vous donc que notre poule ne sera pas bien aise de faire aussi un petit peu la noce, elle !

— Oh bien ! voilà ! c'est comme on dit des fois ; nous pourrons au moins faire des petits *pussins* maintenant ; j'en suis bien aise.

— Faire faire... Jeanne-Antoine ; ne confondons pas.

Deux heures plus tard, Josillon recommence effectivement sa tournée avec Manuel, les bœufs et la voiture. Devant chaque maison ils font halte. Manuel pose sa grande pelle de fer à côté des tas de balayures que Josillon pousse dessus avec son balai, en ayant bien soin de laisser sur place les culs de bouteille et les tessons de faïence pour le compte des paresseuses qui les y ont mis, contrairement aux ordonnances.

Dsaillet semble prendre assez bien son parti de cette vie nouvelle. Comparativement à ses corvées d'autrefois, ces tournées de balayage ne lui semblent plus qu'une promenade du matin pour le mettre en appétit. Son vieux poil s'adoucit un peu, il repousse même un peu aux deux ou trois places où il manquait complétement. Quant à la graisse, par exemple, elle a de la peine à reparaître sur ses côtes qui ont toujours l'air de cercles de tonneaux.

Depuis quatre mois que Manuel y entasse ses balayures et le fumier de ses bœufs, le tas d'engrais formé dans le petit coin qu'il a amodié au bas d'une
vigne derrière le faubourg de Salins, pour en faire
un entrepôt, commence à monter un peu. Sans doute
toutes ces substances fétides ne sont pas encore ré-
duites par l'effet de la fermentation autant qu'on
pourrait le désirer, mais enfin voilà l'hiver qui arrive.
Autant débarrasser la place telle qu'elle est, avant
la neige, en profitant des belles premières gelées.
L'année prochaine, on fera mieux.

Dès le matin, la Jeanne-Antoine et la Fifine sont
en grande cuisine. Elle vont avoir aujourd'hui à dîner
les six *nociers* de Villeneuve, qui, en descendant
ce matin leur pièce de marine, ont eu l'obligeance
gratuite d'amener en même temps leurs planches à
fumier. Dès le matin, Manuel et Josillon sont allés
avec les bœufs les attendre auprès du tas.

En un clin d'œil, les sept voitures se trouvent char-
gées. Coulas Bousson, qui est toujours le grand-maître
des cérémonies, n'a eu garde de rester aujourd'hui
en arrière de lui-même. Il a trouvé moyen de se procurer sept petits sapinaux que l'on plantera tout-à-
l'heure dans le trou de rechange de la limonière, en
avant du joug. Il a aussi apporté des branches de
sapins pour enguirlander les cornes de tous les bœufs.
Ces pauvres bêtes ainsi affublées ont bientôt l'air de
cerfs à toute ramure. Dsaillet est le seul qui dérange

un peu la symétrie. Avec tous les efforts possibles,
on n'arrive pas à remplacer sa corne. Si cette corne
était là, on n'y ferait pas plus attention qu'à celles
de tous les autres ; mais elle n'y est plus, et chacun
semble la regretter.

Il en est de Dsaillet comme d'un vieux soldat manchot dont le bras ne brille plus que par son absence.
Sa corne, lui, ce n'est par sur un champ de bataille
qu'il l'a perdue ; c'est au travail. Gloire pour gloire,
la plus utile est encore celle de Dsaillet.

Pendant que les maîtres dînent au Matachin, Dsaillet, à force de secouer la tête, parvient à déboucler
la chaîne qui le retient, comme les autres, lui et son
compagnon, à la voiture. Une fois libre de toute en-
trave, il force, bon gré, mal gré, son collègue à venir
dire bonjour, en les flairant sympathiquement, à
tous les anciens camarades. On dirait un maître de
maison présentant malgré elle son épouse *rechi-
gnarde* à tous ses amis qu'il a invités à son bal.

Mais voilà tout-à-coup qu'on entend claquer au
loin des coups de fouets superbes. Ce ne sont pas là
des claquements ordinaires. On s'aperçoit tout de
suite que ceux qui les font retentir y mettent aujourd'hui une certaine crânerie de virtuoses qui ont
bien dîné. A ce bruit, Dsaillet vient vite reprendre
sa place sans faire semblant de rien.

On remet les bœufs à la voiture. Coulas Bousso

prend la tête de la colonne. Les cinq autres viennent
à la suite. Manuel et Dsaillet suivent à l'arrière-
garde. Comme il n'y a pas moyen de traverser le
chantier tout encombré de bois, pour rejoindre la
route, on prend le parti de faire quelques pas en arrière, pour venir aboutir, par derrière le *Cheval-
Blanc*, juste au milieu du faubourg. Il n'y a pas
grand mal, d'ailleurs, que les gens de Salins jouis-
sent un peu du spectacle. Aussitôt que toutes les
voitures se retrouvent en ligne, au milieu de la
grande rue, dans la direction de Villeneuve, Coulas
Bousson se met à entonner de sa plus belle voix la
chanson des *Voituriers de marine*, que tout le
reste de la bande accompagne aussitôt à pleins poumons.

Les gens du faubourg, qui n'ont jamais rien vu
de pareil, accourent sur la porte de leurs boutiques
et aux fenêtres des étages. Madame Martin, elle
aussi, arrive sur sa porte avec ses poings sur les
hanches, et regarde le convoi d'un air qui semble
dire : — Ah çà ! vous autres, je voudrais bien savoir
pourquoi vous n'êtes pas venus dîner chez moi ?

Chacun se demande ce que c'est, et ce que cela
veut dire. Ce que c'est, braves gens du faubourg ;
attendez un peu, on va vous l'expliquer.

Ce qui part là sur ces voitures, c'est le résidu de
toutes les immondices de la ville, qui va là-haut s'enfouir dans les sillons d'un champ bien maigre, pour
renaître au printemps prochain en un superbe carré

d'esparcette rouge, où les abeilles du bon Dieu vien-
dront se régaler.

Ce qui part là sur ces voitures, c'est la certitude
d'un beau champ de blé et d'un beau champ d'avoine
à moissonner au profit de Manuel pour l'année prochaine, si bien qu'il n'est pas sûr que le grenier à
foin qu'il s'est réservé, en amodiant sa maisonnette
au cantonnier, pourra tout contenir. Le tas n'a été
qu'entamé aujourd'hui, c'est vrai ; mais on y revien-
dra demain.

Ce qui part là sur ces voitures enfin, c'est peut-
être la régénération d'un pauvre village qui a été dépouillé, il y a un demi-siècle, de tous ses avantages
forestiers, grâce à l'inertie et à l'ineptie de ceux qui
auraient dû le défendre alors ; et qui finirait peut-
être par sortir bientôt de sa misère, si l'entraînement de l'exemple de Manuel parvenait à y ramener
sérieusement les bras à la culture.

L'entraînement de l'exemple, ce n'est pas là le
fort des paysans, on le sait bien. L'agronome qui a
découvert que le gypse faisait pousser l'herbe, a été
obligé d'écrire en caractères de vingt pieds de haut,
sur un pré maigre, avec des poignées de gypse, ces
mots devenus célèbres :

ICI ON A SEMÉ DU GYPSE
de façon qu'à la poussée de l'herbe, tous les gens du
pays ont eu sous les yeux une démonstration à la-

quelle n'eût pas résisté saint Thomas lui-même, tant l'herbe drue, haute et veloutée qui formait ces six mots, contrastait avec la pauvreté de tout le reste du champ. Ceux qui virent cela se rendirent à l'évidence et en firent leur profit. Plaise à Dieu que la démonstration de Manuel réussisse de même !

La Jeanne-Antoine navigue désormais à pleines voiles dans un océan de béatitudes ; cependant, il lui reste toujours au cœur un regret qui la ronge, c'est le regret de sa vache...

Une vache, c'est la providence d'un ménage. La Jeanne-Antoine, qui en a toujours eu une sous la main, ne peut se résigner aux privations que ce manque de vache lui impose, surtout quand elle voit le lait bleu que les laitières vendent *cuir et poil* au marché de Salins.

Toutes les fois que Manuel revient de Villeneuve, elle s'informe de la Bouquette, comme une mère s'informerait de sa fillette mise en pension depuis peu dans une localité éloignée.

A la longue, Manuel finit par comprendre l'intensité des regrets de sa mère, et cette intelligence lui met la tête en travail pour aviser au moyen de la satisfaire.

En y réfléchissant un peu, Manuel reconnaît que pour la besogne qu'ils ont à faire, ses bœufs sont réellement beaucoup trop forts, et finissent par avaler beaucoup trop de foin. Les gens du pays bas attellent bien des vaches, pourquoi ne ferait-il pas de même? La Bouquette, à elle toute seule, serait, parbleu ! dans le cas de faire le service du balayage. D'ailleurs, si elle n'est pas assez forte, il y a place à l'écurie pour loger aussi sa compagne. Quant à l'argent pour cette emplette, il n'y a pas à s'en tourmenter. La vente des bœufs y suffira du reste. Il aura même là au moins cent cinquante francs à retirer de *boni*. Oui, mais la première chose à faire, c'est de vendre les bœufs.

Manuel se sent bien un peu chiffonné à l'idée de se séparer de Dsaillet ; mais sitôt qu'on y voit quelque avantage, il n'y a plus de regret qui tienne ; et d'ailleurs Manuel, pour se consoler, pense au joli commerce de lait frais qu'avec ces deux vaches pourra réaliser la Jeanne-Antoine.

Une fois son idée tirée au clair, Manuel se décide à faire l'amputation le plus tôt possible, afin de ne pas se laisser le temps de changer d'avis. Il a trouvé à Bleigny quelqu'un qui prendra ses bœufs pour un prix raisonnable. Manuel les lui livre, un beau jour, sans en souffler mot, afin de simplifier l'affaire ; puis il monte du même coup à Villeneuve où l'approche de l'hiver décide Xavier à lui vendre la Bouquette, accompagnée d'une autre, à un prix modique.

Le soir, Manuel revient au Matachin avec ses deux vaches et cent francs d'économie au gousset. La Jeanne-Antoine, hors d'elle-même, s'enquiert,

16

alors pour la forme, si ces pauvres bœufs seront au moins bien soignés ; puis elle s'abandonne, sans plus de scrupule, au bonheur de fêter les deux arrivantes.

Huit jours après, le pauvre Dsaillet est complétement oublié.

Le bonheur de nos gens du Malachin n'a plus de bornes, surtout depuis qu'on a surpris la Fifine préparant en secret un petit trousseau. Tous les dimanches, Josillon donne le bras à la Jeanne-Antoine, Manuel à la Fifine; on prend son goûter dans sa poche et l'on va jouir du printemps qui est revenu, tantôt dans les rochers de Gouaille, tantôt dans les bosquets de Toutvent, ou sous la treille de la vigne de Chauvirey. Il n'est pas rare que les deux couples en traversant alors la Barbarine, y trouvent le coq et la poule faisant déjà, eux aussi, leur promenade de digestion.

Par un beau dimanche, à onze heures et demie du matin, voici cependant la Jeanne-Antoine qui rentre brusquement pâle comme un linceul. La Fifine s'élance au-devant d'elle en étendant les bras. On la fait asseoir sur une chaise et on lui demande ce qu'elle a, quel malheur est donc arrivé ?

— Ah ! mon Dieu ! mon Dieu ! la pauvre bête !

— Mais quelle bête donc, mère ?

— Ah ! mon Dieu ! mon Dieu ! est-ce que c'est donc possible que ce soit lui ?

— Mais qui donc enfin, mère? dites-moi donc vite !

— Ah ! mon Dieu, ma pauvre Fifine ! Je suis sûre que c'est la tête de notre pauvre Dsaillet !

— Où donc ça, mère? voyons, dites-moi donc vite !

— Ah! mon Dieu, Fifine ; à ces crochets qui sont là devant la porte de la grande boucherie. J'ai voulu aller y acheter un peu de *gras-double* pour le dîner, et voilà que j'aperçois à un de ces maudits clous une tête de bœuf tout écorchée et encore toute saignante...

— Mais, mère ! ce n'était peut-être pas celle de Dsaillet !

— Mais, Fifine, quand je vous dis qu'il n'avait plus qu'une corne!

La Fifine commence à sentir elle-même une sueur froide perler sur son front. Cependant elle reprend bientôt courage et jette son châle sur ses épaules pour courir aux informations. Arrivée à la porte de la grande boucherie, elle aperçoit en effet l'horrible tête dont a parlé la Jeanne-Antoine. Cette tête n'a réellement plus qu'une corne.— Mais, se dit la Fifine pour se rassurer, il y a bien des ânes à la foire qui se ressemblent ; pourquoi n'en serait-il pas de même des bœufs à la boucherie ?

— Qui est-ce qui a tué ce bœuf-là ? demande-t-elle au concierge de la boucherie.

— Ce bœuf-là, je crois que c'est Anselme Rodet. Pourquoi ?

— Oh ! pour rien, je voulais seulement savoir. Merci !

La Fifine court chez Anselme Rodet.

— Monsieur Anselme, où est-ce que vous avez acheté le bœuf que vous avez abattu hier ?

— Le bœuf que j'ai abattu hier, je l'ai acheté chez monsieur Meyer qui l'avait engraissé avec de la levure de bière de sa brasserie... Pourquoi ?

— Oh ! pour rien, je voulais seulement savoir. Merci !

La Fifine vole chez Meyer.

— Monsieur Meyer, où est-ce que vous aviez acheté le bœuf que vous avez vendu ces jours-ci à monsieur Anselme Rodet ?

— Ah ! ah ! un bœuf qui n'avait plus qu'une corne, n'est-ce pas ? et que nous avons eu assez de maux de mettre un peu en viande... Eh bien, je l'avais acheté à un homme de Bleigny.

— Ah ! mon Dieu ! c'est donc bien notre pauvre Dsaillet !

La Fifine rentre, la figure bouleversée. La soupe ordinaire du dimanche fume déjà sur la table et le bouilli à côté.

— Père, où est-ce que vous êtes allé à la boucherie, hier ?

— Où je suis allé à la boucherie ? Eh bien, pardié !

je suis allé à la boucherie chez Anselme Rodet, donc?

— Eh bien, alors, père, voilà de la soupe qui a été faite avec de la viande de notre pauvre Dsaillet... La mangera qui voudra ; mais je vous jure bien que ce ne sera pas moi, ni ma mère ; n'est-ce pas, mère?

— Oh bien ! pour quant à ça, c'est comme on dit des fois, il n'y a pas de risque !

— De la viande de Dsaillet ? qui est-ce qui t'a dit çà ?

— Qui est-ce qui m'a dit ça ! Allez à la boucherie, si vous ne le croyez pas, vous verrez sa tête qui pend encore au clou tout rouge, avec ses pauvres yeux qui lui sortent du front aussi gros que des pommes de terre.

Josillon et Manuel vont à la boucherie et reconnaissent non-seulement la tête, mais aussi, dans un coin, quatre gros pieds de poil détachés de la jambe, et qu'on n'a pas pris le temps de déferrer.

— Et puis, ma foi ! quand même ce serait Dsaillet, qu'est-ce que cela fait ? Pardié on mange bien sans scrupule les cochons qu'on a élevés *depuis tout petits*. Les bœufs, c'est la même chose.

— Oh ! bien sûr que non, père, ce n'est pas la même chose ! Les cochons, c'est bien différent ! Ils ne sont faits que pour être saignés, ceux-là. On le sait d'avance, et on ne s'attache pas à eux comme à

16.

des bœufs qui travaillent toute leur vie pour les gens. Ah çà mais! vous deux! est-ce que vous auriez bien le cœur de manger cette soupe, maintenant?

— Pardié donc! puisque la voilà prête!

— Eh bien, tenez! vous êtes deux sans cœur! je n'aurais jamais cru cela de vous.

Josillon et Manuel ne savent plus que répondre à cette sortie de Fifine; cependant, comme la soupe est dans les assiettes, leur amour-propre d'hommes, qui ne veulent point passer pour des femmelettes, les empêche de reculer. Ils avalent donc tous deux leur assiettée de soupe, au milieu des imprécations de la Fifine; mais ils n'ont pas sitôt reposé leurs cuillers sur la table qu'ils se regardent tous deux avec embarras. Il leur semble qu'il se passe quelque chose d'étrange dans leur estomac. Leurs figures pâlissent.

— Ha! ha! c'est bien fait, c'est bien fait! s'écrie la Fifine en battant des mains. Pauvre Déaillet, va te voilà vengé!

Berne, janvier 1854.

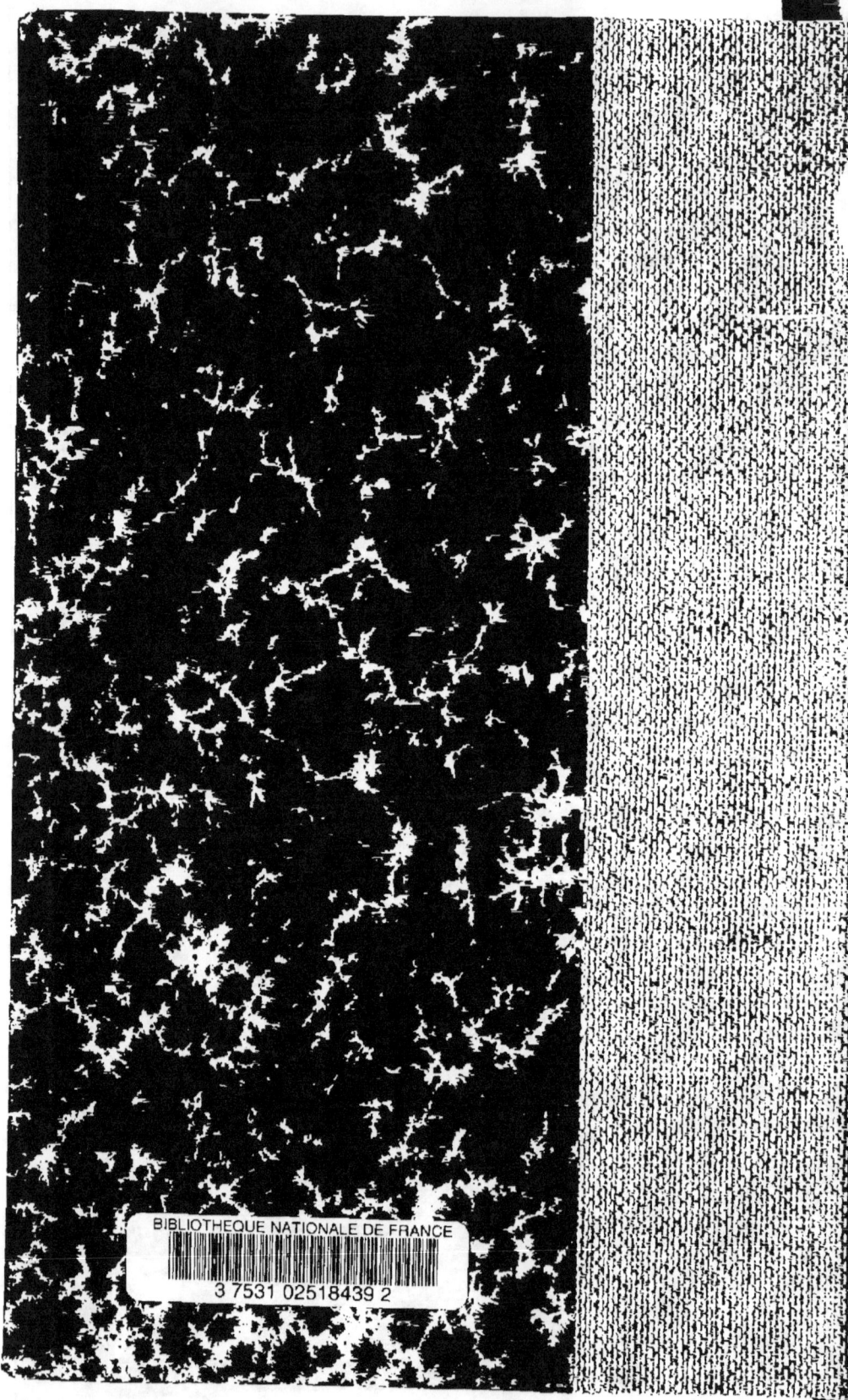

www.ingramcontent.com/pod-product-compliance
Lightning Source LLC
Chambersburg PA
CBHW051815020726
47502CB00005B/1467